Kelly Dawson

Il rapimento della sposa umana

Di

Kelly Dawson

Traduzione a cura di Lucia Doro

Pubblicato dalla Stormy Night Publications and Design, LLC.

Dawson, Kelly

Il rapimento della sposa umana

Immagine di copertina a cura di Oliviaprodesign

Traduzione a cura di Lucia Doro

Questa è un'opera di fantasia ed è destinata al solo *pubblico adulto*. Le sculacciate e le altre attività di natura sessuale menzionate in questo libro sono solo fantasie e sono destinate a un pubblico adulto.

CAPITOLO UNO

Il colpo alla porta arrivò nel momento in cui Melissa allungò la mano verso il forno a microonde per recuperare il piatto di maccheroni al formaggio. Aveva un'espressione corrucciata. Come poteva, il suo visitatore, aver oltrepassato la sicurezza? Nessuno aveva suonato il campanello dal piano terra… che cosa stava succedendo? Diede uno sguardo allo schermo montato sopra la porta e connesso con la telecamera del corridoio. Accidenti, erano i militari. Due soldati in tenuta mimetica da combattimento aspettavano fuori dalla porta con le armi automatiche che penzolavano dalle loro cinture. Ecco perché non c'era stato nessun trillo – i militari potevano andare dove volevano; non erano interessati a banalità come, ad esempio, suonare il campanello per chiedere il permesso di entrare in un palazzo protetto dalla sicurezza. Mostrarono solamente il loro documento di riconoscimento e furono ammessi all'istante.

Cosa diamine potevano volere da lei? Si scervellò nel cercare di capirlo. Viveva una vita tranquilla, teneva a sé stessa. Non aveva nemmeno preso una multa per eccesso di velocità, negli ultimi anni. Era una persona che aveva rispetto per la legge e aveva un buon lavoro. Sapeva che i militari comparivano sulla soglia di casa per qualsiasi ragione, ma fino ad ora a lei non era mai accaduto. Di solito si facevano vivi per arrestare qualcuno o per riscuotere debiti insoluti – nessuno dei quali era riconducibile a lei.

Pensò di scappare. Dove sarebbe potuta andare, però? Si trovava al ventesimo piano di un appartamento situato all'interno di un edificio; non si poteva calare fuori dalla finestra. L'unica via di fuga era quella dove i militari la stavano aspettando. Non poteva andare da nessuna parte. Si guardò attorno in fretta, alla ricerca di un posto dove nascondersi, ma non trovò niente. Questo era il lato negativo dell'essere minimalista – l'arredamento non era eccessivo e non c'era quella confusione nella quale potersi rifugiare.

«Apra la porta, signorina, prima che la buttiamo giù!». L'ordine arrivò perentorio.

«Santo cielo», mormorò Melissa, lasciando la cena fumante dove si trovava per poi chiudere lo sportello del forno a microonde con un colpo secco. Non c'era nient'altro che potesse fare, doveva lasciarli entrare. Aveva preferito un affitto più economico dotato di porte standard e mentre queste sembravano essere abbastanza solide, sapeva che erano fragili in confronto a quelle blindate degli appartamenti più sicuri. Se veramente quegli uomini lo avessero voluto, avrebbero potuto buttarla giù. E non avendo un posto dove andare a nascondersi, non aveva altra scelta. Quindi, prese un profondo respiro, incrociò le dita e si avvicinò alla porta. Dopo aver sbloccato entrambe le serrature, si fece da parte appena queste si aprirono e li lasciò entrare.

«Melissa Malone?» chiese il primo uomo, facendo passare un lettore microchip dietro il suo collo. Era alto, aveva le spalle larghe e muscolose e i capelli nero corvino ingrigiti sulle tempie gli donavano un aspetto distinto e garbato. Non aveva la barba e il suo sguardo apparve duro mentre le scavava dentro. Si mise in tasca il piccolo dispositivo nero quando l'altro uomo le strinse il braccio come una morsa.

«Deve venire con noi, signorina», la informò quello più basso e grasso, con la presa che si fece più stretta quando Melissa rifiutò di muoversi.

«Non ci penso proprio», ribatté. «Che cosa succede?»

«Le verrà spiegato tutto a tempo debito», le disse l'uomo tarchiato, dandole uno strattone al braccio talmente forte da farle quasi perdere l'equilibrio. Lei provò a fare lo stesso, per restare dove si trovava, ma era troppo forte per lei.

«Chi siete? Cosa volete da me?»

L'uomo tarchiato le mostrò per un attimo il distintivo. «Polizia militare, signorina. Siamo qui per affari governativi ufficiali.»

«Deve seguirci, signorina», le rispose fermamente l'uomo più alto. «È la legge. Posso costringerla, ma è meglio per tutti se lo fa in maniera volontaria».

Melissa sospirò. Stava dicendo la verità. Se non ci fosse andata, l'avrebbe semplicemente arrestata, per questo non aveva scelta. Riusciva a malapena a ricordare quando i cittadini potevano fare quello che volevano; i militari erano saliti al potere poco dopo il compimento dei suoi diciotto anni. Non importava che non avesse fatto niente di sbagliato; l'avevano convocata e doveva andare. Non poteva nemmeno negare la sua identità – il microchip che veniva inserito alla nascita tra le scapole di ogni bambino conteneva tutte le informazioni di cui i militari avevano bisogno, incluso il DNA, ed era impossibile da rimuovere. Molti altri ci avevano provato, avevano fallito ed erano stati incarcerati per il loro sforzo.

L'odore pungente del formaggio confezionato l'assalì al naso e si ricordò della cena contenuta all'interno del forno a microonde, ormai congelata in un ammasso appiccicoso. Come a ricordarle che non aveva mangiato se non il sushi a pranzo più di sei ore prima, il suo stomaco brontolò di conseguenza. «Stavo per cenare. Posso mangiare velocemente prima di andare? Prometto che non ci vorrà molto».

L'uomo più basso allentò la presa ma la rafforzò di nuovo nel momento in cui quello più alto, chiaramente al comando, diede l'ordine: «No, lasci stare. Dobbiamo muoverci».

«Ma ho fame!», obiettò lei.

«Ho detto di lasciarla. Si muova».

«Ma…» Quando l'uomo più basso la tirò per il braccio, Melissa barcollò in avanti e venne spinta velocemente giù per il corridoio. Era ovvio che non avrebbe mangiato presto. Sentì la porta del suo appartamento sbattere e gli stivali pesanti echeggiare sul pavimento in ardesia dietro di sé, mentre il secondo uomo li seguiva verso l'uscita. In ascensore, non scesero al piano terra ma salirono. L'uomo non parlò nemmeno quando lei guardò i numeri dei relativi piani lampeggiare alla luce verde del neon sul piccolo schermo sopra la porta: 23…24…25… dritti fino al tetto. Il soldato alla sua sinistra le strinse il braccio per tutto il tempo, sebbene fossero gli unici nell'ascensore e il soldato più grosso bloccasse l'uscita.

«Dove stiamo andando?» Era spaventata. Di solito manteneva il controllo - dava ordini e trascorreva l'intera giornata lavorativa a prendere decisioni importanti - ed essere confinata in un ascensore con due militari a lei sconosciuti era un'esperienza strana. Si sentì indifesa, frustrata e leggermente claustrofobica. Voleva scalciare e urlare ma sapeva che era inutile. Comportarsi come una bambina non l'avrebbe di certo aiutata. Nessuno dei due rispose alla domanda e lei lottò per tenere il respiro sotto controllo, mentre il suo battito cardiaco aumentava a causa della paura.

Appena le porte dell'ascensore si aprirono, fu condotta verso l'elicottero che era rimasto in attesa e la sua cintura fu allacciata saldamente al sedile. L'uomo più basso, seduto accanto a lei, allacciò la sua cintura con espressione severa mentre quello più alto prendeva il controllo. Persino con le cuffie enormi il rumore dell'elicottero era assordante. Poteva sentir parlare il pilota con la torre di controllo ma niente di tutto ciò aveva senso per lei; parlava un linguaggio incomprensibile. Non sapeva ancora dove la stavano portando. Poi, dopo pochi secondi, lasciarono l'elisuperficie del grattacielo nel quale aveva vissuto fino a poco prima e si alzarono in volo senza problemi, spostandosi velocemente sulla città. Guardò, affascinata, il palazzo svanire e le macchine viaggiare sull'autostrada come se fossero dei modellini. Le persone che intasavano le strade erano talmente piccole da poter sembrare delle formiche. Sentì il cuore in gola quando l'elicottero prese velocità.

«Potete dirmi, per favore, dove mi state portando?» Chiese loro, stringendo le mani con fare nervoso. La sua voce era insolitamente lamentosa, ma non le importava. Era troppo arrabbiata e troppo spaventata per preoccuparsene. Questi uomini l'avevano strappata dalla sua casa senza darle una spiegazione. Che cosa stava succedendo?

Il soldato che era al comando la ignorò, ma quello più basso lo guardò di sfuggita prima di rispondere. «La stiamo portando al nostro quartier generale. Ordini governativi», disse bruscamente.

«Ma perché?» Si scervellò nel tentativo di pensare a cosa potesse aver fatto di sbagliato, ma non aveva fatto assolutamente nulla. Era orgogliosa di sé stessa, di essere una cittadina modello. Non aveva infranto nessuna legge e lavorava sodo. Non riusciva a pensare a una sola cosa che avesse fatto e che potesse valere l'arresto, per poi essere scortata dai militari presso il quartier generale del governo. «Non capisco. Cosa ho fatto di sbagliato?» Chiese, quasi in lacrime. Deglutì, lottando per tenere le proprie emozioni sotto controllo. Erano passati anni dall'ultima volta che aveva versato una lacrima - non avrebbe assolutamente dato loro la soddisfazione di vederla piangere.

Il soldato che sedeva accanto a lei le diede una pacca delicata sulla mano e le sorrise in maniera gentile. «Non si preoccupi», le disse. «Non ha fatto niente di sbagliato. Scoprirà presto di cosa si tratta. Si rilassi, non le faremo del male». Il tono gentile era in netto contrasto con l'ordine brusco dato in precedenza, ma non era comunque confortante.

Non gli credeva, ma quale alternativa aveva? Chiuse gli occhi, si appoggiò al sedile e tentò di calmarsi. Inspirò profondamente e cercò di concentrare la sua attenzione su qualsiasi cosa non fossero le attuali circostanze. Non era questo il momento di perdere la testa.

* * *

Quando sentì il soldato più alto scuoterle la spalla, aprì gli occhi. «Si alzi», le ordinò. Sbatté rapidamente le palpebre, si alzò e fu portata fuori dall'elicottero, intrappolata tra l'uomo più basso che le stava di fronte e lui che le stava dietro. Non era bloccata e nessuno dei due la stava toccando, ma sapeva di non poter scappare - questa rappresentava solo l'illusione della libertà. Non aveva dubbi sul fatto che se avesse indugiato o avesse anche solo compiuto un passo falso, sarebbe stata ammanettata e forse stordita con il taser. I soldati non volevano fare una brutta figura, di fronte ai loro colleghi, permettendo a una prigioniera di scappare.

Attesero brevemente, mentre il soldato che stava davanti passava il documento identificativo davanti al lettore elettronico collocato sul lato del percorso per fare aprire la porta. Venne scortata oltre e condotta giù, attraverso un lungo corridoio deserto, fino ad arrivare a un'enorme stanza piena di persone sedute in fila che guardavano davanti a loro in silenzio. L'uomo più basso sparì tra la folla, mentre quello più alto e dalle spalle larghe che stava dietro di lei la spinse verso una sedia a schienale dritto posta all'angolo della fila posteriore e le si sedette accanto. Poco dopo, le lanciò uno sguardo duro, una sorta di avvertimento… ma avvertimento per cosa?

«Cosa…» chiese, ma venne interrotta in maniera sgarbata. Mettendole una mano dietro la testa, il soldato posò l'altra sulla sua bocca. «Mmmf!» Melissa cercò di ribattere. Si contorse per divincolarsi dalla presa, ma la sua protesta venne smorzata e resa vana. La presa che lui aveva su di lei era troppo forte per riuscire a sfuggirle.

«Silenzio!» Sibilò. «Sta per scoprirlo. Aspetti e basta». Lanciandole uno sguardo severo, tolse le mani e le posò sulle cosce.

«Ma…» Aveva appena pronunciato quella parola quando il suo grosso accompagnatore poggiò di nuovo la mano sulla sua bocca.

«Zitta». Le intimò, guardandola molto peggio di prima. Melissa premette la mano, la pressione le faceva quasi male. Si sentiva indignata – non era mai stata maltrattata prima d'ora e nessuno le aveva mai detto cosa fare, ma si rese conto che combattere contro di lui non l'avrebbe portata da nessuna parte. Per questo annuì senza fiatare. Essere imbavagliata di fronte a così tante persone era imbarazzante. Sarebbe rimasta in silenzio, per ora – aveva bisogno che lui le togliesse la mano dalla bocca. Soddisfatto, la spostò e si sedette di nuovo.

Da autentico militare, si mise a sedere con la schiena dritta, i piedi ben piantati per terra e le gambe leggermente divaricate. La parte superiore del braccio le sfiorò la spalla mentre il ginocchio di lei gli sfiorava la coscia. Melissa riusciva a sentire la durezza del suo corpo al di sotto della tenuta da soldato e questo le spezzò il fiato. Era trascorso molto tempo dall'ultima volta in cui era stata con un uomo e lui le stava causando sensazioni di cui non voleva venire a conoscenza. A parte la freddezza negli occhi e la completa mancanza di gentilezza nel suo atteggiamento rude, lo trovò quasi attraente. Cercò di scacciare quel pensiero dalla mente perché lo stava facendo di nuovo – desiderava l'uomo sbagliato. Perché lo faceva di continuo? Le avevano presentato tanti uomini gradevoli, uomini di successo, uomini educati ma non si era sentita attratta da nessuno di loro. Al contrario, si innamorava di quelli duri, di quegli uomini che avevano atteggiamenti senza senso, proprio come quello che sedeva accanto a lei. Tutte le sue amiche avevano relazioni felici da anni, ma fino ad ora lei non aveva trovato l'uomo con il quale trascorrere il resto della sua vita. Stava iniziando a pensare che non esistesse. E mentre i vibratori con i quali si divertiva erano ottimi – lo erano molto, in effetti - non potevano fare tutto quello che un uomo era capace di fare.

La sua attenzione venne attirata dall'enorme schermo montato sul muro di fronte alla stanza. Fece un balzo quando un soldato alto, con il bavero decorato dalle medaglie, si mise ad armeggiare con il microfono facendolo stridere. All'improvviso, lo schermo si accese.

«Siete stati radunati qui, oggi, per un motivo ben preciso», li informò lui. Si voltò verso lo schermo e attese un quarto di secondo prima di veder apparire una panoramica satellitare dello spazio che, poi, fu sostituita velocemente da un diagramma del sistema solare. «È da un po' di tempo che la Nasa mostra preoccupazione per la presenza di un enorme asteroide, grande più o meno quanto l'Inghilterra, e diretto sulla Terra. Sono stati fatti diversi tentativi per deviarlo ma, a causa della sua grandezza, tutti questi sforzi sono finora falliti. Siamo certi che colpirà la Terra nel giro di una settimana».

Melissa annaspò. Il silenzio nella stanza si fece assordante mentre le persone continuarono a fissare lo schermo, ammutolite. Com'era possibile?

«Questo, ovviamente, è top secret», spiegò l'uomo. «Potete immaginare con quale tipo di panico avremmo a che fare se questa notizia dovesse trapelare».

Un brusio e un mormorio indignati riempirono la stanza quando tutti iniziarono a parlare contemporaneamente, alzandosi dalle sedie, perché presi dalla confusione e dalla paura.

«Ordine!» Urlò al microfono l'uomo che stava di fronte, ma venne ignorato quando scoppiò il pandemonio. Melissa restò incollata al sedile in stato di shock mentre il soldato che l'aveva scortata balzò in piedi, con la mano sull'arma, per assistere il personale militare e calmare la folla. Rimase dov'era; era paralizzata. Non riusciva a credere che la vita che aveva sempre conosciuto stesse per finire. Tutte le persone che conosceva e che amava – cosa gli sarebbe successo? Questo sollevò una domanda importante: perché era stata scelta per venire qui e a quale scopo?

«È qui che entrate in gioco voi», intonò l'uomo, una volta che l'ordine fu ripristinato nella stanza. «Ci sono parecchie opzioni disponibili e che ci auspichiamo abbiano successo nella salvezza del nostro pianeta – una di queste sta impiegando una nuova tecnologia per cercare di deviare la rotta dell'asteroide. Potremmo cercare di farlo esplodere, di distruggerlo nello spazio, ma tutto questo comporterebbe dei rischi per la Terra come, ad esempio, le piogge meteoritiche che potrebbero causare dei danni». Tirò fuori un puntatore laser dalla tasca e lo puntò sullo schermo per mostrare al pubblico dove si trovava esattamente l'asteroide, le sue dimensioni in relazione alla Terra e il punto d'impatto previsto. Persino dal luogo in cui era seduta e con la sua conoscenza limitata dell'astronomia le era chiaro che si trovavano in pericolo. L'asteroide era enorme ed era diretto verso di loro.

«Se la nostra impresa non dovesse avere successo, la vita così come noi la conosciamo potrebbe essere spazzata via interamente. Grazie ai dati in nostro possesso riguardanti tutti voi, abbiamo selezionato con attenzione le duemila persone in questa stanza – mille uomini e mille donne – che avranno la responsabilità di assicurare la continuazione del genere umano. Abbiamo scelto voi per parecchie ragioni, soprattutto per il vostro DNA – il vostro corredo genetico è impeccabile, siete tutti giovani e in buona salute. Era un requisito, inoltre, il vostro status di single e il fatto che viveste da soli così nessuno avrebbe sentito immediatamente la vostra mancanza. La selezione delle coppie avrebbe creato troppi sospetti – è più difficile far sparire due persone piuttosto che una». L'uomo parlò in modo pratico, come se fosse tutto pianificato, senza lasciare spazio alle negoziazioni. «Abbiamo scelto persone con un'intelligenza superiore alla media, persone che pensano, persone coraggiose. Siete dei professionisti con una vasta gamma di lavori – le vostre scelte in fatto di carriera vanno dall'essere avvocato a dottore, dall'infermiera a genio del computer». Smise di parlare e guardò negli occhi Melissa prima di continuare. «Insegnanti, costruttori, ingegneri – tutte abilità che saranno necessarie per il progresso della civiltà». Smise di parlare e si guardò orgogliosamente attorno, come se avesse compiuto qualcosa di favoloso. Poi, fece ondeggiare il braccio in un gesto ampio e rapido tra le file delle sedie.

«Il futuro dell'umanità, oggi, risiede in tutti voi. Salirete immediatamente a bordo dello space shuttle Rosa 710 e verrete inviati su Europa, una delle lune di Giove, per stabilire una colonia temporanea. Su Europa c'è acqua, ma non sappiamo cos'altro ci sia. Non sappiamo se sul pianeta ci siano altre forme di vita. In ogni caso, abbiamo preparato…» Melissa perse la concentrazione mentre l'uomo continuava a blaterare, fornendo dettagli riguardo ai rifornimenti che erano già stati inviati in precedenza con una navicella spaziale separata, cose necessarie alla loro sopravvivenza. Era confusa. Quindi era questo il suo destino - essere mandata da qualche parte nello spazio in modo che fosse nulla più che un utero che parla e che cammina?

Venne riportata alla realtà quando il soldato alla sua destra la colpì alle costole con il gomito. «Stia attenta», sibilò. Fece un salto dalla paura, nuovamente indignata a causa del trattamento spietato nei suoi confronti.

«Se tutto andrà per il verso giusto, i bunker che il governo ha costruito sottoterra funzioneranno come pianificato e saremo in grado di metterci in contatto con Europa via satellite nel giro di quattordici giorni. Ci sono abbastanza provviste per almeno due anni», disse l'uomo. «Dopo di che, se non avrete avuto successo nel mettervi in contatto con la Terra, potreste fare comunque ritorno e vedere cosa potete ancora trovare».

Melissa si sentiva come se stesse annegando, come se stesse provando a nuotare controcorrente attraverso l'acqua fangosa e densa, mentre il flusso continuava a trascinarla indietro in quell'abisso della pazzia dove niente era come avrebbe dovuto essere. Stava cercando di dare un senso a ogni cosa che le era stata detta, ma era da pazzi! Come poteva succedere una cosa simile? Il militare stava davvero selezionando i pochi eletti, e loro stessi, lasciando gli altri a morire? E che razza di idea era quella di inviarla in mezzo ad altre duemila persone su una luna lontana che era o non era in grado di sostenere la vita? E se non avesse voluto andarci? E se invece avesse voluto restare e rischiare di morire con le persone che amava? Di sicuro questo era un sogno – o un incubo? Non poteva essere in alcun modo la realtà. Era una cosa troppo bizzarra!

Incurante del caos che stava esplodendo attorno a lei nella stanza, non si accorse di come i civili, uno dopo l'altro, vennero bloccati dai rinforzi della polizia militare. Non riusciva a sentire le urla rabbiose, le proteste, i lamenti di alcune donne. Si sentiva come anestetizzata, a stento capace di credere a quello che stava succedendo. Era da matti. Era davvero questo il modo in cui la vita, così come l'aveva sempre conosciuta, stava per finire?

«Signorina?» Percepì un tocco sulla spalla e la voce profonda che apparteneva al suo accompagnatore sembrava preoccupata. «Si sente bene, signorina?» Le domandò. «È diventata pallida. Sta per svenire? Vuole un bicchiere d'acqua?»

«Acqua?» Farfugliò con fare incredulo. «Il mondo intero si sta rivoltando contro sé stesso e lei mi sta offrendo dell'acqua? È pazzo?»

Gli occhi duri e freddi si posarono su di lei in uno sguardo furioso. «Si ritenga fortunata, signorina», sbraitò. «Almeno lei ha una possibilità di sopravvivere. Tutti quelli lasciati sulla Terra stanno per essere uccisi. Le possibilità di far esplodere l'asteroide sono scarse e i bunker sotterranei potrebbero avere o non avere successo. E anche se fosse, la civiltà così come la conosciamo probabilmente finirà. Persino le persone che sopravvivranno all'impatto moriranno in un modo o nell'altro».

Lo guardò. Con i pugni serrati ai lati, sembrava quasi che stesse cercando di mantenere il controllo pur di non colpirla.

«Può andare al posto mio, se vuole», gli disse. «Preferisco tentare la sorte qui sulla Terra. Non sono una tipa avventurosa».

«Piloterò io Rosa 710, lo space shuttle con cui evacueremo la Terra, ma sta avendo un atteggiamento sbagliato - è stata scelta per una ragione», ruggì. «Diversi criteri devono essere raggiunti per essere idonei a fare questo viaggio verso Europa e molte persone non risultano adeguate. Sfrutti al massimo questa opportunità, lei è una donna fortunata. Tutti gli altri verranno abbandonati a loro stessi e lasciati a morire». Le sue parole erano motivo di riflessione, molto vere e per un momento si sentì in colpa per la sua acredine. Quell'uomo aveva ragione – avrebbe dovuto essere grata, ma come poteva esserlo? Non ci voleva andare. Voleva restare sulla Terra e tentare la fortuna.

Quando lo guardò di nuovo, la freddezza nei suoi occhi si era attenuata ma rimase quel luccichio severo. Non era chiaramente un uomo con il quale scherzare ma per un momento fu grata del fatto che partisse anche lui – almeno ci sarebbe stato qualcuno con lei di non completamente estraneo in questa missione. Fece un respiro profondo per cercare di scacciare dalla mente la realtà della situazione.

Ma non c'era tempo per pensare alle cose troppo a lungo – in pochi secondi, i civili radunati nella stanza vennero circondati dal personale miliare, gli fu imposto il silenzio e vennero condotti lungo un corridoio stretto e buio dove Rosa 710 era lì ad attenderli.

CAPITOLO DUE

Damian accelerò il passo lungo il corridoio. Zuss aveva richiesto la sua presenza immediata più di un'ora e mezza fa e il comandante non era un uomo a cui piaceva aspettare.

Non era sempre stato al potere. Una volta, era semplicemente un ufficiale militare Mojazi di alto rango ma era accaduto qualcosa che lo trasformò in un uomo disonesto. Damian non aveva idea di cosa causò tutto questo ma il comandante, ora, era diventato un bandito fuorilegge che depredava pianeti e rapiva donne da vendere come schiave in tutta la galassia. Come ufficiale sotto copertura per conto della polizia intergalattica, era riuscito a fare l'impensabile: si era infiltrato fra le sue truppe e stava inviando informazioni ai suoi ufficiali superiori mentre aspettava di poter avere l'opportunità di consegnare lui e l'intera organizzazione alla giustizia. Sfortunatamente, detronizzarlo stava richiedendo più tempo del previsto; le forze di polizia intergalattica avevano sottovalutato il suo potere. Ma era solo una questione di tempo. Ogni giorno, passava ai suoi superiori nuove informazioni che potevano aiutarli a vincere la battaglia contro di loro.

Dopo aver spalancato la porta, Damian entrò nella stanza in preda alla frustrazione per aver dovuto interrompere il suo lavoro; sentimento, questo, nascosto con facilità sotto un'espressione neutra. «Mi ha fatto chiamare, signore?» Gli chiese, quando entrò.

«Uno shuttle sta per partire dalla Terra», arrivò al sodo. «Mille donne verranno caricate a bordo, dirette verso Europa. Europa!» Ripeté, scuotendo la testa con fare divertito per la stupidità dei terrestri. «A quanto pare, pensano che sia abitabile – stanno cercando di inviare lì quelle persone!»

Come ci si poteva aspettare da lui, Damian sorrise di fronte al suo atteggiamento. «Perché vorrebbero andare lì?» chiese, sogghignando. «Comunque, gli auguro buona fortuna!»

«Perché un asteroide si sta dirigendo verso la Terra», rispose. «Quindi, il governo terrestre sta inviando duemila persone – mille uomini e mille donne verso Europa per riprodursi e ripopolare la Terra una volta che gli altri verranno spazzati via». Rise perché trovò l'dea davvero divertente.

In quel preciso momento, Damian sorrise di nuovo. «Capisco. E lei vuole che io...» La sua voce si affievolì, non sapendo esattamente cosa gli stesse chiedendo di fare il comandante. Non lo aveva chiamato per autocompiacersi?

«Intercetta lo shuttle!» Ruggì lui, eccitato, come se il piano dovesse essere perfettamente ovvio per Damian fin dall'inizio. «Liberati degli uomini con il blitzer e porta qui le donne per sottoporle ai test. Le visite posso essere condotte anche sulla navicella. Come sempre, quelle inutili verranno usate come schiave da lavoro; terremo solamente quelle più adatte per la riproduzione».

«Perché non vendiamo anche gli uomini?» Suggerì Damian. «Dopotutto, varranno a qualcosa».

Il comandante scosse la testa. «Troppi guai».

«Potremmo ottenere comunque qualcosa», ribatté. «C'è molta domanda per gli schiavi da lavoro.

Potrebbe rimanere stupito dal prezzo che riusciremmo ad ottenere per loro».

Trattenne il respiro mentre il comandante ci rifletteva su. La propensione di quest'ultimo a uccidere era qualcosa che Damian non avrebbe mai compreso. Nelle mani giuste, il blitzer poteva rivelarsi un'arma davvero vincente. Ma Zuss la usava più che altro per causare morte e distruzione ovunque andasse, lasciando subito dopo una scia di terrore.

L'uomo fece un cenno di assenso con la testa e Damian tirò un sospiro di sollievo. «Okay, catturate anche gli uomini. Il medico legale e Lucas possono venire con te; raggruppa più uomini possibile per prendere il controllo dello shuttle».

Damian entrò in azione. Mentre si affrettava a tornare indietro lungo il corridoio per radunare abbastanza uomini ed eseguire l'ordine del comandante, il suo orologio da polso vibrò quando ricevette un messaggio. Accigliato, premette il tasto con fare irritato. Cosa volevano adesso? Non avrebbe mai completato la missione se i suoi superiori avessero continuato a interromperlo! Non appena scorse verso il basso per leggere il messaggio in codice, il suo sguardo torvo si fece più profondo. *Aggiornamento: Cambio della missione*, lesse. Scorrendo ancora, scosse la testa. *Genio del computer: reclamala come tua moglie e tienila al sicuro. Fuggi appena possibile e portala a Mojaz.*

Neanche per idea. Non potevano fargli questo! Come poteva tenere al sicuro una sola donna in mezzo al migliaio di donne che avrebbero dovuto catturare? E come poteva sapere quale fosse la sua donna? E il comandante cosa voleva da un genio del computer? L'orologio da polso vibrò di nuovo e comparve una foto sullo schermo. Era il viso di una donna, un viso molto attraente, in realtà, seguito dal suo nome e da poche informazioni biografiche. Lo sguardo accigliato svanì, lentamente sostituito dal vago accenno di un sorriso mentre si rendeva conto di quanto potesse essere utile Melissa Malone. Se era così brava come pensavano i suoi superiori, avrebbe potuto essere un'ulteriore arma con la quale combattere Zuss. Ed era davvero molto attraente. Aveva avuto incarichi peggiori; se Melissa Malone era brava come pensava, questa missione non sarebbe stata dopotutto così male.

* * *

Melissa aveva pensato che volare su una navicella spaziale sarebbe stato come volare su un aereo, ma non poteva sbagliarsi più di così. Innanzitutto, non c'erano finestre. Aveva pensato che fosse una buona cosa; insomma, viaggiare a quella velocità ed essere capaci di vedere fuori avrebbe probabilmente causato a chiunque grossi problemi di vertigini. La cabina di pilotaggio era separata dall'abitacolo da uno schermo che si accartocciava su sé stesso mentre tutti i sedili volgevano all'indietro. Non c'erano cinture di sicurezza ma solo appigli ai quali aggrapparsi, simili all'impugnatura delle valigie, montati agli angoli dei sedili. Non si sentì di certo al sicuro quando la navicella spaziale ondeggiò lateralmente, su e giù, non appena entrò in orbita. Curiosamente, regnava il silenzio. Non sentì nemmeno il rumore del motore quando vennero lanciati nello spazio; la navicella lasciò la Terra nel silenzio più assoluto.

Ci fu uno scatto potentissimo non appena aumentarono la velocità e si allontanarono dalla traiettoria orbitale iniziale. Melissa chiuse gli occhi, trattenne il respiro e strinse forte le impugnature mentre alcuni passeggeri urlarono. Dopo pochi secondi, però, la navicella si assestò di nuovo e continuarono il loro viaggio.

«Prevediamo di raggiungere Europa in poco più di una settimana», disse con voce profonda il pilota attraverso le casse. «Quindi sedetevi e rilassatevi; usciremo da qui a vele spiegate».

Era difficile restare seduti su quel sedile verticale, ma Melissa cercò di fare del suo meglio. Stranamente, nessuno fiatava. Si domandò perché nessuno sentiva l'esigenza di parlare, di fare domande o di ribellarsi ai militari. Erano tutti traumatizzati come lo era lei? Non riusciva ancora a crederci. Quando si rese conto che aver scosso la testa per svegliarsi da quell'incubo non aveva funzionato, si diede un pizzico sul braccio. «Ahia!» Strillò, mentre le unghie scavarono nella sua pelle scoperta, lasciandovi sopra degli ovali perfetti. Nessuno notò che piangeva. Un sentimento irrefrenabile di disperazione e di mancanza di speranza si impadronirono di lei non appena si rese conto che tutto ciò era reale. Aveva lasciato dietro di sé tutti quelli che amava. Si trovava per davvero su una navicella spaziale che veniva condotta verso il nulla. Avrebbe mai più rivisto i suoi cari? Non ne aveva idea.

* * *

Fu svegliata da urla di terrore. I passeggeri attorno a lei continuavano ad alzarsi dai sedili in preda al panico, nel tentativo di fuggire, ma non c'era nessun posto dove andare. Furono completamente circondati da uomini armati vestiti di bianco che portavano armi di un tipo che non aveva mai visto.

«Nooo!» Gridò poco dopo gettando la testa indietro, terrorizzata, quando una mano enorme le serrò la bocca e la costrinse a sottomettersi. Si dimenava a occhi chiusi, in preda alla paura. Stava per perdere i sensi a causa del panico. Che cosa stava succedendo?

«Non preoccuparti», disse una voce profonda accanto a lei, proprio mentre la sua mente confusa veniva avvolta da una luce luminosa e da un travolgente senso di pace. Melissa smise di lottare e dopo aver sollevato lo sguardo, vide davanti a sé occhi che non aveva mai visto – erano viola, brillanti come il neon. E quando sentì che quello sguardo ipnotico la stava aiutando a rilassarsi, la luce negli occhi si attenuò, come una torcia che pian piano si spegne. Lui tolse la mano ma rimase dov'era, bloccandole il passaggio e tenendola intrappolata su quel sedile. Melissa si mise a sedere, ancora confusa, ma non aveva paura. L'uomo la condusse subito verso un lato della navicella, separandosi così dagli altri uomini. Ci sarebbe dovuto essere un caos assoluto, ma non c'era. Tutti questi uomini avevano davvero il potere di creare questo senso di calma dove non sarebbe dovuto nemmeno esistere?

Ci volle meno di un minuto per separare le duemila persone a bordo in base al sesso e solo pochi secondi in più per portar via gli uomini a passo di marcia. Melissa rimase dov'era, ancora intrappolata sul sedile da quell'uomo vestito di bianco, mentre guardava gli altri camminare in fila fuori dalla stanza per poi sparire dalla sua vista. Non ci furono proteste, nessun impedimento; gli uomini vennero condotti fuori come agnelli e le donne, impotenti, non poterono fermarli.

Terrorizzata, domandandosi quale destino attendesse quegli uomini e persino lei, urlò. Tutte le donne lo fecero. Ma ci fu di nuovo quella luce intensa che avvolse lentamente la sua mente e scacciò il terrore, donandole una calma surreale. I ricordi dei minuti precedenti furono cancellati e si sentì frastornata, assonnata.

Quando si risvegliò, si trovò ammassata in un corridoio buio insieme alle altre donne. Tremò al solo pensiero di quale destino la attendesse e cercò di opporsi, ma non sembrava avesse molta scelta – c'era un uomo massiccio, attaccato al suo gomito, che era difficile da spostare. Seguì le altre donne lungo quel corridoio buio, su per le scale e attraversò l'ingresso che portava a un'altra navicella. La temperatura cambiò appena si lasciarono Rosa 710 alle spalle. Si fermò, ma l'uomo al suo fianco le diede una leggera spinta.

«Andiamo», mormorò piano. «Non hai niente da temere».

Furono condotte in una grande stanza dove un uomo alto, una sorta di grande capo, se ne stava su di un palco intento a osservare le donne radunate.

«Benvenute sulla nostra nave», esclamò. La sua voce risuonò per tutta la stanza, sebbene non avesse un microfono davanti a sé. «Siete state portate qui per essere sottoposte a un test che determinerà se siete o meno idonee a procreare».

Melissa poggiò la mano sulla bocca, incredula, mentre respirava a fatica dal terrore.

«Non preoccuparti», la rassicurò l'uomo. «Non hai niente di cui aver paura. Sono convinto che riuscirai a superare il test». Le sorrise con gentilezza, stringendole le spalle in un modo che doveva essere confortante ma che, in realtà, le fece male. Le sue mani erano enormi, la presa forte e i suoi occhi erano di un incredibile colore viola. Ma, a parte questo, si accorse che era molto bello quando lo guardò per un secondo. L'abito bianco aderiva perfettamente al suo corpo muscoloso e aveva una maglietta nera che enfatizzava l'ampia distesa del suo petto e delle sue spalle. Indossava una cravatta argentata che terminava appena sopra la fibbia della cintura, anch'essa dello stesso colore, e che reggeva i pantaloni che pendevano in maniera sexy dai suoi fianchi magri. La mascella era squadrata, segnata da una fossetta al centro del mento. Quando sorrideva, le fossette che si formavano agli angoli della bocca donavano al suo viso un'espressione gentile. I capelli erano scuri e corti e terminavano in piccole punte. Era ben più alto del metro e ottanta e se fosse stata ancora sulla Terra e avesse dato un'occhiata a un sito online di appuntamenti, lui sarebbe stato uno di quelli con il quale sarebbe uscita. Era decisamente attraente e sembrava avere un particolare potere su di lei. Sapeva di dover essere terrorizzata, ma in presenza di quell'uomo non aveva paura.

«Sono Damian», disse piano. La sua voce profonda le vibrò dentro.

«Melissa».

«Lo so». Il sorriso che le regalò le fece capire che lo sapeva per davvero. «So tutto di te», la informò. «Sei sotto la mia protezione».

«Sei un alieno?» Chiese, d'impulso.

Damian sorrise. «No. Non nel modo in cui credi, per lo meno. Sono umano, come te, ma di una specie più avanzata. Ci siamo evoluti in maniera differente rispetto a quella degli umani sulla Terra e ci siamo adattati a un ambiente diverso. La nostra tecnologia è superiore; il nostro pianeta è ancora incontaminato, molto più di quanto lo fosse la Terra migliaia di anni fa, prima che il processo di industrializzazione dell'uomo la devastasse. Sono sicuro che adorerai Mojaz».

Rimase in silenzio per un momento, nel tentativo di assimilare ciò che le aveva detto. «E se non fosse così?»

Lui sorrise. «Datti tempo, ti piacerà».

* * *

Se Melissa aveva pensato che la situazione fosse già negativa, in realtà stava per peggiorare ancora di più. Il test non era solo un semplice test, ma una vera e propria visita medica, fatta da uomini che lei non conosceva; uomini che non voleva la conoscessero. Damian non era presente. Aveva desiderato che lo fosse. Sebbene conoscesse a malapena quell'uomo, la sua presenza sarebbe stata di grande conforto. Le aveva dato l'impressione che la volesse tenere al sicuro, che non avrebbe mai permesso che le accadesse qualcosa, ma il suo istinto le diceva che non poteva dire lo stesso degli uomini che ora la stavano guardando.

«Si tolga i vestiti e li appoggi sulla sedia», le ordinò in modo rude l'uomo che si era identificato come primario. Il suo stomaco si contorse nel momento in cui lo guardò. Non sembrava gentile – i suoi occhi erano duri e freddi e la sua espressione era severa.

Melissa scosse la testa. «Assolutamente no». Cercò di indietreggiare fino a raggiungere l'uscita ma fu fermata dall'altro uomo, grande e grosso quanto Damian, ma non così bello quanto lo era lui. La spinse indietro fino al centro della stanza. L'ordine venne ripetuto.

«Non mi spoglierò per voi!» Urlò. «E non potete obbligarmi!» La paura la stava rendendo coraggiosa.

Il primario sogghignò, ma il sorriso che per un momento gli aveva attraversato il viso svanì così come era apparso. «Non è più sulla Terra, signorina. Qui le cose vengono fatte diversamente. Lucas – strappaglieli».

«Damian!» Melissa gridò il suo nome in preda al panico, disperata, perché lui venisse a salvarla. C'era forse un malinteso? Quegli uomini non volevano davvero che lei si togliesse i vestiti, giusto? Ma Damian non arrivò.

Subito dopo, l'uomo che aveva bloccato la sua fuga fece un passo in avanti e le strappò gli indumenti con movimenti rapidi. Lottò furiosamente contro di lui mentre se ne stava lì con il solo intimo addosso, ma lui le circondò i polsi con una mano e usò un coltello per tagliarle il reggiseno e le mutandine. Melissa urlò, tenendo le mani strette di fronte a lei, nel tentativo disperato di coprire la sua nudità. Cercò di recuperare i vestiti ormai rovinati, ma Lucas li allontanò da lei. E, di nuovo, Damian non accorse in suo aiuto.

«Sul lettino».

Si congelò sul posto, incapace persino di scuotere la testa in segno di rifiuto, col corpo che tremava. Le sue gambe erano della stessa consistenza della gelatina – non avrebbe potuto obbedire nemmeno se avesse voluto.

Smack! La mano di Lucas andò a sbattere contro il suo sedere nudo con una forza tale da spingerla contro il lettino. Era troppo scioccata per poter reagire. Quando non si attenne immediatamente agli ordini, la sculacciò di nuovo, ancora più forte.

«Ahi!» Urlò. «La smetta di colpirmi! Non ne ha il diritto!»

«Ne ho tutto il diritto, invece». Lui la colpì altre due volte, su entrambe le natiche, e ogni schiaffo atterrava con uno schiocco che risuonava nella stanza come un'eco.

Dimenticandosi della sua nudità, le sue mani raggiunsero il fondoschiena nell'inutile tentativo di alleviare la fitta di dolore. Il sedere le stava bruciando.

«Salga sul lettino», le ordinò di nuovo il primario. «Se non lo farà, farò in modo che Lucas le dia una lezione. E allora salirà comunque sul lettino».

«Io… Io non ci riesco», balbettò. «Le mie gambe… non collaborano». Scoppiò a piangere, umiliata e frustrata, e le asciugò con il retro della mano. Nonostante ciò, il flusso non si arrestò.

«Venga qui, lasci che l'aiuti», le disse Lucas, prendendola per il braccio. La condusse verso il bordo del lettino, poi la aiutò a sollevarsi e a stendersi sulla schiena. Le sollevò i piedi e li legò con le staffe; fissò i polsi con dei polsini di cuoio sopra la testa e serrò con una cintura in pelle l'addome, immobilizzandola.

Melissa avrebbe voluto avere un elastico – i suoi lunghi capelli biondi erano incollati al viso bagnato dalle lacrime. Quello che aveva, le aveva trattenuto i capelli in una coda di tutto rispetto in modo da potersi rilassare a bordo di Rosa 710; poi era affondato nella parte posteriore della testa e lo aveva tolto per lasciare liberi i riccioli in un gesto di comodità. Ora, però, con le lunghe ciocche che le solleticavano il viso e che erano andate a finire sugli occhi e sulla bocca, si rese conto che non avrebbe voluto levarlo. Soffiò su quelle rimaste libere, ma rimasero attaccate e non poté sbarazzarsene.

Dopo aver tolto il fazzoletto bianco inamidato dalla sua tasca, Lucas asciugò gli occhi e il naso di Melissa, poi spostò i capelli dal suo viso e glieli sistemò dietro le orecchie con delicatezza, regalandole un piccolo sorriso rassicurante.

Il primario fece un passo in avanti quando Lucas indietreggiò.

Melissa tornò in sé. «Non do il mio consenso a tutto questo!» Urlò, cercando di tirarsi su, inutilmente.

«Non ho bisogno del suo permesso», la aggredì lui. «Ciò che pretendo è la sua obbedienza».

«Non obbedirò mai!» Urlò in preda al panico, dimenandosi violentemente nel disperato tentativo di liberarsi.

«Allora verrà costretta».

Melissa lo guardò terrorizzata infilarsi dei guanti bianchi monouso, mentre fletteva le dita al loro interno.

«Cos'ha intenzione di farmi?» Domandò tra le lacrime, con la voce resa acuta dal terrore.

«Una visita medica».

Lucas avanzò e appoggiò con gentilezza una mano sulla sua spalla. «Si rilassi, signorina», le disse, tentando di darle coraggio. «Non ci vorrà molto, se collaborerà. Ho paura che se non lo farà, sarò costretto a punirla».

Melissa si piegò contro il lettino, cercando di schivare il suo tocco come meglio poteva, ma non era abbastanza lontana.

«Stia lontano da me!» Gridò, col panico che si impossessava di lei. Si agitò in maniera disperata, ma non riusciva a muoversi. Le allacciature la tenevano stretta.

«Dov'è Damian?» Chiese, impaurita.

Lucas scosse la testa. «Non verrà. Queste visite sono di competenza del solo personale medico».

Damian non l'avrebbe salvata, quindi. Era sola in tutto questo; avrebbe dovuto affrontare quello stupro umiliante senza nessuno accanto.

Il primario avanzò fino al bordo del lettino e il più vicino possibile a lei. La guardò in modo lascivo, facendo scorrere i suoi occhi lungo tutto il corpo. Melissa sapeva di essere in forma. Le ore trascorse in palestra erano servite a qualcosa. Rimpianse però il trattamento laser per la rimozione dei peli al quale si era sottoposta quando aveva compiuto vent'anni – alcune delle sue amiche continuavano a preferire la ceretta, ma lei aveva scelto di far rimuovere in modo permanente i peli del pube. Le piaceva sentire quanto fossero sensibili le sue parti intime senza quel pizzico di peli a coprirle. Ma adesso si sentiva così nuda, così vulnerabile da desiderare che fossero lì, come uno scudo contro gli occhi indiscreti di quell'uomo.

Le toccò l'osso pubico con due dita. Melissa si irrigidì, spaventata. Ma non appena lo fece, avvertì quella luce luminosa che riuscì a calmarla. Iniziò a sentirsi frastornata, poi quella stessa sensazione svanì; scosse infine la testa e si calmò.

Dopo aver fatto scorrere la sua mano verso il basso, il medico le inserì un dito all'interno, spingendolo fino in fondo; le nocche pressarono sulle grandi labbra quando mosse il dito intorno e all'interno, stimolandola. L'estremità, poi, andò a sfiorare quel piccolo punto che rilasciò ondate di piacere e la fece fremere. Melissa ansimò. Nonostante la posizione in cui si trovava, nonostante l'umiliazione e la paura, il piacere era davvero reale e, per un momento, dimenticò di essere lì.

Il capo annuì soddisfatto ed estrasse il dito. Lei lo guardò, aveva il viso impassibile mentre lo sollevava davanti a lui. Il guanto luccicava dei suoi umori. La toccò di nuovo ma, stavolta, inserì due dita e lei sentì il suo sesso traditore contrarsi attorno a lui. Li spinse più a fondo, dentro e fuori, e la scopò con assoluta precisione.

Melissa gemette. Come poteva sentirsi così bene? Nessun uomo era mai riuscito a farla sentire in quel modo, prima d'ora, anche se in molti ci avevano provato. Il medico tese il pollice per sfiorarle il clitoride e questo le causò un brivido pulsante lungo il corpo. Si mise a scalciare sopra il lettino. Di più - voleva di più.

All'improvviso, tolse le dita e asciugò l'umidità sul suo sesso. Melissa gemette piano per via degli spasmi dovuti alla mano che spargeva i suoi umori sulle labbra bagnate. Il medico le fece scorrere lungo le gambe per andare a stimolare l'altra fessura.

Contrasse le natiche, non appena la toccò in quel punto, e gli intrappolò le dita. Ritornò in sé di soprassalto. La vergogna si impadronì di lei; si era eccitata di fronte a quegli uomini! Non poteva nascondere quell'umidità sparsa sulle sue parti intime e adesso si ritrovava con un dito che premeva contro quel luogo inviolato. Era troppo.

«Nooo!» Urlò in lacrime, angosciata.

Lucas le strinse di nuovo la spalla. «Si rilassi», le ordinò a bassa voce. I suoi luminosi occhi verdi brillarono e iniziò a sentire la stessa luce intensa avvolgere la sua mente, ma riuscì a contrastarla. Non voleva la serenità che le stava offrendo – voleva essere pienamente consapevole di quello che le stavano facendo.

«Non posso!» Rispose in lacrime. «Non lasci che mi faccia questo!»

Il medico la derise. «Abbiamo appena iniziato».

Melissa gridò, cercando disperatamente di contorcersi e allontanarsi, ma non ci riuscì. I bordi duri della cintura che le attraversava l'addome la pizzicarono e la fecero strillare.

«La smetta di lottare», le disse Lucas con gentilezza. «Non è poi così male».

«Perché non sta succedendo a lei, vero?» Ribatté, indignata. Iniziò a desiderare di aver lasciato che Lucas la calmasse, dopotutto; forse sarebbe stata una benedizione.

Il dito del medico si trovava ancora davanti alla fessura del suo fondoschiena e lo spinse più a fondo. La sua estremità si fece subito strada all'interno, violandola. Melissa imprecò contro di lui, lasciandosi sfuggire una serie di insulti che non usava da anni. Non ne aveva sentito il bisogno perché non si era mai trovata in una situazione del genere, completamente in balìa di uno sconosciuto che non aveva idea di cosa fosse la misericordia.

Il primario fece un passo indietro. «Lucas!» Esclamò. L'uomo, che si trovava all'altezza della testa di Melissa, lasciò la sua posizione e fece un passo in avanti, pronto a eseguire gli ordini.

Si spostò al suo fianco e sistemò la posizione delle staffe in modo che le sue gambe fossero tirate su e indietro verso il suo petto, per lasciare il suo fondoschiena completamente in bella mostrac con le parti intime e l'ano ancora più esposti di quanto già non lo fossero. Senza indugiare oltre, Lucas ritrasse la mano e iniziò a schiaffeggiarla, ancora e ancora, colpendo con violenza il fondoschiena nudo e le cosce con perfidi schiaffi che pungevano e bruciavano. Melissa si contorse e lottò come poté, ma la cintura attorno ai fianchi si restrinse e la pizzicò, mentre i polsini la tennero legata stretta. Era completamente prigioniera.

Le sculacciate continuarono. A gambe aperte, risultava il bersaglio perfetto e la mano di Lucas atterrò veloce e precisa, facendo arrossare ogni centimetro della sua pelle. Le dita colpirono persino quella fessura sensibile senza tralasciare la parte interna delle cosce che si trovava vicino alla sua intimità. Melissa voleva morire, si sentiva umiliata. Chi erano queste persone, questi uomini che pensavano di avere il diritto di farle questo?

Singhiozzava; quasi rantolava mentre piangeva. Non era mai stata picchiata, prima d'ora, ed era come se la sua pelle morbida stesse bruciando per gli schiaffi che Lucas le stava dando.

«Basta così».

Lucas smise immediatamente di colpirla, non appena gli fu dato l'ordine, e fece un passo indietro.

«Ha la pelle molto arrossata, adesso; penso ne abbia ricevuti abbastanza. Ora vediamo se obbedirà». Il medico parlò con molta sicurezza, come se fosse certo che Melissa avrebbe obbedito. Non gli interessava domandarle se fosse d'accordo o meno. Si avvicinò al bordo del lettino e si mise di nuovo tra le sue cosce. Infilò ancora una volta due dita all'interno del suo sesso, mentre il pollice andò a poggiarsi sul clitoride per stimolarlo. Ci vollero solo pochi secondi affinché quel traditore del suo corpo reagisse alle attenzioni del medico. Sentì che stava iniziando a rilassarsi e riuscì ad avvertire ancora l'umidità che le colava tra le gambe. Com'era possibile? Come poteva essere così angosciata, un minuto prima, e comportarsi come una sgualdrina sfrenata subito dopo?

Il suo sesso era bollente e pulsava. Inarcò la schiena come poté, data la presenza dei polsini, e lasciò che un gemito le uscisse dalla gola. Il capo continuò a stimolarla per alcuni secondi poi, all'improvviso, tolse le dita e cosparse di nuovo i suoi umori sul suo sesso fino ad arrivare alla fessura tra le natiche per poterla lubrificare. Il dolore nel punto in cui Lucas l'aveva schiaffeggiata era intenso; le fitte atroci quando il medico raggiunse un'area ancora più vasta del suo corpo e creò dei cerchi fino a toccare quella parte vicina al suo ano su cui si erano posate le sue dita. Premette un'altra volta il dito contro la fessura che si contrasse nuovamente e si allontanò.

«Lucas!»

Gli occhi di Melissa si spalancarono appena realizzò quello che stava per accadere. «No!» Disse, a fatica. «Non ce la faccio più! Farò la brava, lo prometto!» Con grande sforzo, distese le natiche e cercò di rilassarsi quando il medico toccò con il dito quel punto. Fece un sospiro di sollievo quando lo tolse ma si accasciò sul lettino, sconfitta, quando capì che cosa stesse per fare. Lucas teneva tra le mani un barattolo di lubrificante; il medico estrasse una piccola quantità di quella sostanza densa per cospargere le sue dita, per poi distribuirla su tutta la fessura.

«No», implorò. La sua voce era quasi impercettibile. «Per favore, non mi tocchi lì».

Ma l'uomo la ignorò. Non la guardarono nemmeno. Al contrario, il medico tese di nuovo il braccio e diede un colpetto a quel bocciolo con il polpastrello, facendo ruotare il pollice attorno alla fessura. Si prese tutto il tempo per stimolare, dare dei colpetti, premere il dito lì per permetterle di abituarsi a quella nuova intrusione. Poi, lentamente, inserì il dito fino alla nocca e Melissa sussultò quando si sentì bruciare. Il dolore si affievolì mentre lo spingeva ancora più a fondo per esplorare il suo interno attraverso delicati movimenti circolari. Fu talmente erotico da farla ansimare. Il capo cambiò la velocità dei movimenti e spinse il dito dentro e fuori, poi su e giù. I fianchi ruotarono in direzione delle dita in preda all'eccitazione.

Tutto questo è da pazzi! Urlò la voce nella testa di Melissa, sconvolta, ma lei sembrava non prestarle attenzione. Tutto ciò a cui riusciva a pensare, era quel bisogno primordiale e doloroso che avvertiva dentro di sé e che diventava sempre più forte a ogni movimento compiuto dal medico. Dei brividi le percossero il corpo non appena il dottore tolse pian piano il dito.

«Eccitazione in entrambe le fessure», informò Lucas, il quale annuì con la testa.

Dopo aver rimosso i guanti e averli buttati per terra senza riguardo, il medico si avvicinò al lettino per poterle afferrare i seni. Ne teneva uno per mano e li strizzava, soppesandoli. Poi girò i capezzoli tra le dita. Melissa non si divincolò nemmeno; dopo tutto quello che aveva subìto, questo era niente.

Il medico li strizzò e li vide indurirsi. Diede un colpetto contro uno dei due che le provocò una fitta di dolore proprio in quel punto, poi fece la stessa cosa con l'altro seno.

«Seni perfetti», confermò l'uomo a Lucas, il quale annuì per l'ennesima volta.

«Adesso la visita interna».

«Che cosa?» Melissa lottò di nuovo contro le legature e cercò di alzarsi, di scappare via. «Che cosa significa? Non guarderete dentro il mio corpo!» Dichiarò. «Chi pensate di essere?»

Il medico la guardò incredulo per un momento, poi le sorrise in modo accondiscendente. «Non ci siamo presentati? Che irrispettoso sono stato. Io sono il primario di medicina legale e lui è Lucas, il mio assistente. E per rispondere alla sua domanda: sì, guarderò dentro di lei. Come crede che possa stabilire se è adatta o meno a procreare?»

Melissa chiuse gli occhi. Stava sicuramente sognando. Doveva essere un incubo.

Lottò furiosamente mentre il medico le si avvicinò con un dispositivo che assomigliava a una telecamera collegata a uno schermo, sistemata su un lungo cavo.

«Nooo!» Urlò lei, in un lamento prolungato che risuonò in tutta la stanza. Sebbene le gambe fossero allacciate alle staffe, poteva ancora calciare coi piedi e lo fece per davvero, mirando alla testa del primario. Aveva colpito nel segno. Lo ferì in modo superficiale, ma fu sufficiente. Lui lasciò andare il dispositivo e questo cadde a terra, mentre si stringeva la testa tra le mani, tra i lamenti.

«Lucas!» Gridò. Subito dopo, l'assistente gli si avvicinò per un controllo.

«Sembra star bene, signore», gli disse.

«Puniscila!» Ringhiò, tenendo ancora stretta la sua testa in maniera patetica. «E sii duro!»

«Sì, signore», annuì lui. Si diresse verso un armadio a muro e prese una frusta sottile in pelle con un manico in legno alla base.

«Mi dispiace!» Gridò Melissa, ma era troppo tardi. Lucas si posizionò tra le sue gambe e sollevò in alto la frusta. Colpì direttamente le sue parti intime facendola urlare. La frustò di nuovo in quel punto, colpendo le labbra altre due volte in rapida successione. Poteva sentire il suo sesso pulsare, gonfio e dolorante. Lucas la colpì ancora, stavolta ancora più forte. Cercò disperatamente di chiudere le gambe, per proteggersi da quell'ulteriore punizione, ma le staffe la tenevano stretta. Singhiozzava, piangeva e si sentì bruciare, ma non sapeva come spegnere quelle fiamme. Spostandosi indietro e leggermente di lato, Lucas diede un colpo di frusta contro il sedere e le cosce, brandendola con una forza tale da far sentire a Melissa il fruscìo prima di essere colpita. La frustò a dovere, prima su una natica poi sull'altra, spostandosi su e giù e poi di nuovo giù di lato, sovrapponendo le frustate ai lividi già presenti.

Non era nemmeno più in grado di urlare; se ne stava semplicemente distesa senza forze, in preda ai singhiozzi e ai sussulti. Quanto ancora poteva sopportare?

Dopo aver sollevato di nuovo la frusta, Lucas la colpì duramente sul fondoschiena già straziato, facendo sì che il bruciore aumentasse. La colpì ancora e ancora e attese che il sedere smettesse di contrarsi prima di colpirla di nuovo. Era lento, metodico e preciso. Era sicuro di quale fosse il suo scopo. Adesso, quella fessura un tempo vergine, era stata violata in maniera meticolosa; prima con un dito e ora da quelle frustate pungenti. Melissa lo guardò con orrore mentre sollevava il frustino in alto e lo abbassava con forza, un'ultima volta, prima di toccarla leggermente con il dito e sussultò. Persino quel tocco leggero era troppo.

«È pronta, signore», dichiarò Lucas, indietreggiando.

«Bene».

Nel disperato tentativo di evitare un'ulteriore punizione, rimase ferma quando il medico posizionò il dispositivo proprio davanti alla sua vagina. Lo inserì abilmente, ruotandolo mentre procedeva, per osservarne ogni sfumatura interna sul piccolo schermo collegato al cavo. Era un piccolo apparecchio ma non era comodo, specialmente non dopo la punizione che Lucas le aveva inflitto.

Finalmente, il medico terminò. Lo tolse e lo passò a Lucas che se ne occupò. Dopo aver fatto un passo indietro, si raddrizzò, gonfiò il petto e la guardò intensamente. «A parte i seri problemi di comportamento che possono essere trattati, sono lieto di annunciarle che è assolutamente idonea alla procreazione. Manderò Damian a prendersi cura di lei, dal momento che l'ha rivendicata per sé ed è un suo diritto in quanto uno dei luogotenenti più fidati del

Comandante Zuss. Da questo momento in poi, lei è di sua proprietà».

Melissa sapeva che questa era una buona notizia, così cercò di sorridere nonostante le lacrime.

Un attimo… proprietà? «Ha detto proprietà?» Domandò al primario. «Significa che dovrei appartenere a qualcuno? Come un animale domestico?»

«Sì», replicò amichevolmente. «Proprio come un animale domestico. Anche se le verrà riservato un trattamento migliore; gli uomini Mojazi si prendono cura delle loro donne. Non desidererà nient'altro». Le voltò le spalle e si incamminò verso la porta.

«Tranne la libertà!» Esclamò Melissa.

Il medico si arrestò sui suoi passi e si voltò a guardarla. Poi, annuì lentamente e sorrise.» Sì», rispose. «Tranne la libertà».

* * *

«Lucas è stato molto duro con te», osservò Damian, mentre le ispezionava il fondoschiena e le parti intime. «Sei stata molto esuberante?»

Melissa scosse la testa. «Non abbastanza!»

«Stenditi», le ordinò, premendo la schiena su quel lettino dove aveva subito ingiustizie al di là della sua comprensione. «Farò del mio meglio per aiutarti a rimetterti in sesto. Potrebbe bruciare, all'inizio – sei molto irritata e gonfia in alcuni punti – ma il dolore si attenuerà. Te lo prometto».

Melissa sobbalzò quando Damian applicò un gel freddo sulle parti intime doloranti, frizionandolo poi delicatamente. Ma aveva ragione – il bruciore divenne più intenso per un attimo, si attenuò quasi immediatamente e sentì il gonfiore diminuire.

Non impiegò molto tempo per spalmare il gel miracoloso sul fondoschiena arrossato e Melissa restò sorpresa dalla dolcezza delle sue cure.

«Dai, su», la invitò, aiutandola ad alzarsi. «Mettiti questa, ora, poi troveremo abiti più appropriati prima di sposarci».

Melissa si fermò a metà strada. «Che cosa?»

«Vestiti. Ne hai bisogno. Questa roba andrà bene per ora, ma avrai bisogno di qualcosa di più decente al più presto».

«No, non quello. Il matrimonio. Ripeti».

Damian sorrise. «Il medico non te l'ha detto?» Notò l'espressione scioccata sul suo volto e rise. «No, scommetto di no. Comunque, sì Melissa», le disse piano. «Diventerai mia moglie. Farò del mio meglio per renderti felice», le promise, infilandole un braccio dietro la schiena per aiutarla a scendere dal lettino.

«E io ho voce in capitolo riguardo a tutto questo, vero?»

«No. Ho paura che non ce l'abbia. C'è una ragione per la quale devo prenderti in moglie; ho bisogno che tu mi stia vicino, devo tenerti al sicuro. Mi servono le tue abilità». Quindi le prese le mani tra le sue e la guardò intensamente, con quegli occhi viola che penetravano profondamente nei suoi. «Ascoltami».

Lei annuì, mentre i suoi occhi ipnotizzanti ne catturavano lo sguardo parola dopo parola.

«Agli occhi di un osservatore casuale, io lavoro per il Comandante Zuss e lo aiuto a depredare i pianeti, a rapire le donne per venderle come schiave, a causare la distruzione e a creare il caos in qualunque posto lui vada. Ma, in realtà, sono un agente sotto copertura che lavora per la polizia intergalattica con l'obiettivo di detronizzare sia Zuss, sia gli altri fuorilegge come lui. Le tue abilità saranno davvero utili in questa lotta; per questo motivo devi diventare mia moglie – così puoi aiutarmi».

Melissa si sentì mancare a causa di quelle rivelazioni. Sarebbe potuto andare peggio?

«Ti senti bene?» Sussurrò Damian. «Sei sbiancata».

Lei annuì. «Sto solo cercando di assimilare il tutto», disse. «È piuttosto scioccante». Rimase per un momento in silenzio, mentre il suo cervello cercava di metabolizzare ciò che le era stato detto – e cioè che era stata rapita da alieni fuorilegge per essere venduta come schiava, ma che era stata reclamata da un altro alieno che voleva sposarla per usare le sue competenze in modo da deporre il suo comandante.

«Però c'è una cosa che non capisco», disse Melissa. «Perché non posso aiutarti senza doverti per forza sposare?»

Damian le accarezzò delicatamente le guance. «Mojaz è molto diverso dalla Terra. Le donne, lì, non hanno diritti; sono di proprietà dell'uomo. Non gli è permesso vivere da single».

«Cosa?» Ripeté, sbalordita. «Non ne ho alcuna intenzione». Era davvero determinata. «Assolutamente no».

«Ma devi», insistette lui. «Se non diventerai mia moglie, sarai venduta come schiava da riproduzione».

Sussultò, inorridita per le sue parole. Non poteva essere vero, giusto? Ma sapeva che era così. Dopo tutto quello che aveva sopportato, non poteva restare sorpresa dal fatto che il medico non stava mentendo quando le disse che le donne erano solamente una proprietà e nient'altro.

Il tocco di Damian era delicato sulle sue guance e la sua voce gentile quando riprese a parlare. «Capisco che tutto questo sia troppo da assimilare, ma la cultura Mojazi richiede che le mogli siano completamente sottomesse ai loro mariti. Non hai altra scelta. Se non sarai ubbidiente, mi verranno poste delle domande e il mio lavoro sotto copertura sarà messo a rischio. Per questo devo essere severo con te – devi imparare a fare ciò che ti viene detto». Col pollice tracciò dei cerchi sul palmo della sua mano mentre, con le dita dell'altra mano, le sfiorava le labbra. «Su Mojaz le mogli sono amate. Una volta che ti ci abituerai, ti piacerà».

Ancora sbalordita, Melissa si alzò in piedi e scrollò le spalle quando Damian le passò la vestaglia. Tutto questo era pazzesco. Davvero lui si aspettava che lei accettasse il suo destino – ovvero che acconsentisse di essere reclamata da quell'uomo e obbedirgli? Era una donna forte, indipendente, per niente incline a sottomettersi o a ubbidire senza una giusta motivazione. Rimase completamente senza parole nel momento in cui cercò di metabolizzare ciò che Damian le aveva detto, ma sapeva anche di non avere nessun potere per poter cambiare le cose. Tutto quello che poteva fare era seguirlo, sperare che colui che stava per diventare suo marito stesse dicendo la verità e che fosse davvero uno dei buoni; non come quegli spaventosi medici incontrati poco prima.

CAPITOLO TRE

Il primo ministro camminò velocemente e a grandi passi giù per il corridoio. I suoi tacchi riecheggiavano nel palazzo governativo, sul pavimento in ardesia. Era in ritardo per l'incontro con i militari – la sua segretaria gli aveva comunicato che c'erano delle importanti novità. Aveva cercato di convincerla a cancellarlo, ma lei si era rifiutata di farlo. «No, signore, deve vederli», aveva insistito. «È una questione di vita o di morte». Quindi, aveva imprecato sottovoce contro di lei e aveva interrotto la sua partita a golf per incontrare nel suo ufficio, in quel pomeriggio, il capo della sicurezza.

«Rosa 710 è stata sequestrata». L'uomo arrivò dritto al punto e prese posto senza nemmeno attendere che il primo ministro chiudesse la porta alle sue spalle. Quest'ultimo si bloccò sui suoi passi.

«Che cosa? Come? Chi?» Le domande si susseguirono l'una dietro l'altra, appena uscirono dalla sua bocca, ma il capo non aveva in serbo per lui una risposta soddisfacente.

«A questo punto non lo sappiamo. Ma una squadra ci sta lavorando».

«E l'asteroide?» Chiese il primo ministro, col viso tirato a causa della tensione.

«Una squadra ci sta lavorando». Gli rispose di nuovo il capo della sicurezza. «La nostra intenzione è quella di deviarlo per salvare la Terra. I migliori astronomi che abbiamo, sostenuti oltretutto sia dai nostri fisici sia dagli ingegneri, in questo momento stanno lavorando alla creazione di un missile capace di invertirne la traiettoria. Credo siano ottimisti riguardo alle probabilità di successo».

«E se dovessero fallire?» Punzecchiò lui, chiaramente preoccupato.

«C'è sempre il piano di riserva – lo facciamo esplodere. Un'altra squadra sta lavorando anche a questo. Un'esplosione di quel tipo, nello spazio, è piena di rischi perché causerebbe una pioggia di meteoriti che potrebbe essere dannosa per la Terra. Ma se il missile dovesse fallire, daremo una possibilità all'opzione B – non abbiamo niente da perdere».

Il capo annuì brevemente, le sue spalle erano cariche di tensione. Poi, si voltò di nuovo verso il primo ministro. «Sono stato chiamato per un'altra riunione». E così, dopo averlo salutato velocemente, sparì.

* * *

Melissa aveva buttato via la vestaglia e se ne stava di fronte al distributore automatico dei vestiti, con le braccia distese e le gambe divaricate alla larghezza delle spalle, in attesa che il raggio laser prendesse le sue misure per realizzare l'abito che aveva appositamente richiesto. Aveva osservato Damian introdurre le monete all'interno della macchina, incapace di credere che nel giro di pochi minuti il distributore avrebbe erogato dei vestiti nuovissimi fatti apposta per lei. Sapeva di doversi sentire imbarazzata perché di nuovo nuda, ma dopo tutto quello che aveva passato, non accadde. Damian aveva visto tutto ciò che aveva da offrirgli – dopo tutto, le aveva spalmato un gel dalle proprietà guaritrici nelle parti più intime poco prima, emettendo un suono di disapprovazione per la dura punizione che Lucas le aveva inflitto. Il gel aveva compiuto un miracolo. Melissa non sentiva più alcun dolore e mentre gli dava le spalle, trapassata dal puntino rosso del laser che si muoveva lungo il suo corpo, lui le confermò che i segni lasciati dalle sculacciate erano completamente spariti.

«Attendere, prego». Aveva esclamato ad alta voce il distributore automatico per informarla sul completamento delle misurazioni. Damian le avvolse attorno la vestaglia, standole talmente vicino da sfiorarle le cosce con le sue. Dei brividi percorsero il corpo di Melissa proprio nel punto in cui le loro gambe si toccarono; la sua voglia insoddisfatta stava rendendo quel bellissimo uomo ancora più attraente.

Stava ancora cercando di dare un senso a ogni cosa. Come poteva essere possibile? Scosse la testa nel tentativo di capire.

«Ti senti bene?» Le chiese Damian, preoccupato.

«Sì. No. Non lo so». Scosse di nuovo la testa. «È tutto così assurdo! Non capisco!» Ribatté lei.

«Non hai paura, vero?» Le domandò.

«Un pochino», ammise. «Più che altro sono confusa».

«Non ti posso aiutare per quanto riguarda la confusione; solo il tempo lo farà. Ma posso aiutarti se hai paura o se provi dolore. Posso neutralizzare entrambe le emozioni».

Melissa sollevò lo sguardo. «Che cosa intendi dire?»

«La paura e il dolore sono le emozioni negative più potenti che un essere umano possa provare. Imparammo tanto tempo fa a sfruttare la mente delle persone terrorizzate o addolorate per calmarle, per cancellare la loro memoria e portar loro sollievo. Ti ho già detto che il popolo Mojazi è una razza umana più sofisticata. E questo ne è solo un esempio».

All'improvviso le fu tutto chiaro – era questo ciò che le era accaduto! Ricordò la luce che aveva avvolto la sua mente, lo stordimento che aveva provato nel momento in cui i suoi compagni erano stati catturati e portati via.

Il distributore automatico suonò e si illuminò di una luce blu e verde. Fece un ronzio strano, poi un vassoio venne fatto scorrere in basso e fuoriuscì dalla macchina per consegnarle gli abiti perfettamente pressati. Profumavano di lavanda. Li prese con entusiasmo e li sollevò davanti a sé per esaminarli. Erano esattamente ciò che aveva ordinato, persino la trama del tessuto! Dopo aver tolto la vestaglia, la gettò con riguardo sul pavimento per indossare i vestiti nuovi. Gli indumenti intimi le calzavano alla perfezione. La maglietta era più comoda di quelle che aveva indossato fino ad ora e i jeans erano così soffici da poterci dormire insieme. Melissa sorrise. Poteva anche abituarcisi!

* * *

Uno schianto terribile coinvolse Damian e interruppe il suo sguardo su Melissa mentre lei si rivestiva. L'astronave sbandò lateralmente con una forza tale da lanciarla contro il muro. Damian la raggiunse per afferrarla nel momento in cui lei imprecò sottovoce. Alcuni secondi più tardi, furono sballottati prima in avanti e poi di lato. Melissa scattò in piedi quando sentì una grossa esplosione provenire apparentemente dal basso.

«Damian!» Urlò, in preda al panico. «Cosa sta succedendo?»

Sorrise compiaciuto per il modo in cui lo aveva chiamato, perché sapeva che lui l'avrebbe protetta, che l'avrebbe salvata. «Non lo so», le rispose. «Ma sembra che sia un attacco. Probabilmente sono i banditi rivali che cercano di rapire le donne catturate da Zuss da sotto il suo naso».

La navicella continuò ad essere strapazzata, sobbalzando di qua e di là, e li fece volare prima contro un muro poi contro l'altro. Melissa strinse forte la sua maglietta, decisamente spaventata, e Damian cercò di raggiungerla per confortarla.

Al suono della sirena, le afferrò una mano e iniziarono a correre. La trascinò lungo un corridoio stretto per dirigersi verso il centro della nave. *Fuggire immediatamente* – l'ordine da parte degli ufficiali superiori balenò nella sua mente quando si rese conto della gravità della situazione. Le persone corsero, terrorizzate, da una parte e dall'altra mentre la nave continuava a rigirarsi.

«Andiamo!» Urlò lui. «Questa è la nostra unica possibilità!» Iniziò a correre e la trascinò dietro di sé, mentre si precipitava verso l'uscita di emergenza più vicina dotata di una piccola nave di salvataggio. Scansò e zigzagò tra le persone prese dal panico, schivando un labirinto di corridoi, per raggiungere infine una stanza apparentemente innocua. Chiuse a calci la porta dietro di sé e la assicurò con un catenaccio. Non sarebbe stato il caso di farsi beccare, ora, essendo così vicini alla libertà.

* * *

L'astronave sulla quale Damian l'aveva fatta salire era minuscola; non c'era nemmeno lo spazio per alzarsi. La pelle di Melissa si increspò nel punto in cui la sfiorò non appena le allacciò le cinture di sicurezza. Quando si sedette al suo posto, era così vicino a lei da riuscire a sentire i suoi capelli sulla parte posteriore delle braccia che le provocavano un formicolio. Damian allacciò la cintura e prese il controllo. Fu incredibile. Melissa non si era mai trovata in una situazione simile, prima di allora; non sapeva nemmeno che esistesse una cosa del genere! Era come trovarsi in una minuscola bolla. Aveva una struttura arrotondata con una base, un tetto e la parte posteriore in metallo mentre i tre lati erano fatti di vetro. Il cruscotto posto davanti a loro altro non era che un pannello di controllo con una miriade di pulsanti, luci e interruttori. Al di sopra del pannello, vi era collocato uno schermo che gli mostrava cosa c'era intorno. Un altro schermo, invece, gli mostrava la loro posizione in correlazione ai vicini sistemi stellari.

Damian rimase con gli occhi incollati al monitor mentre giocherellava con le manopole. La piccola navicella fu lanciata ferocemente non appena tracciò un'imprecisa rotta a zig-zag, dopo essersi allontanati dalla nave del Comandante Zuss. Cercavano di evitare i missili che i banditi appena giunti gli avevano messo alle calcagna. Fu necessaria tutta la sua concentrazione, all'inizio; ma una volta che ebbe programmato correttamente la navicella, si sdraiò sul suo sedile per rilassarsi e si voltò verso di lei.

«Hai paura?»

Melissa scosse la testa. «In realtà, no. Voglio dire, è incredibile. Continuo a pensare che mi sveglierò da questo sogno folle. Forse sono impazzita. Ma non ho paura. La cosa peggiore che può capitare è che io muoia, giusto? Non hai intenzione di torturarmi o qualcosa del genere, vero?»

Damian sorrise in modo accattivante. «Pensi davvero che potrei torturarti?»

«No. Ma non pensavo nemmeno che quelle bestie sadiche nell'altra nave lo avrebbero fatto, invece guarda cosa è successo!» Melissa rabbrividì al ricordo della violenza subita.

«Sì… Beh…» L'uomo esitò. «Troverai cose, a Mojaz, che sono un po' differenti rispetto a ciò che accade sulla Terra. Le donne vengono sculacciate quando non obbediscono; insomma, è così che funziona».

«Ma non ho fatto nulla di sbagliato!» Protestò. «Quell'uomo terribile mi ha violentata!»

«Ti ha visitata», la corresse lui. «C'è differenza». Melissa corrugò la fronte, pronta a ribattere, ma Damian continuò a parlare. «Non tutte le donne si eccitano con un semplice tocco; sono le donne come te, quelle che si eccitano facilmente, ad essere le mogli migliori».

«Non voglio essere una moglie», replicò, «quindi questo è irrilevante».

Damian rise. «Ho paura che tu non abbia scelta. Le donne Mojazi appartengono ai loro mariti».

«Io non sono una donna Mojazi».

«Lo diventerai», le assicurò. «Tra l'altro, ho bisogno di te». Si voltò leggermente per cercare i suoi occhi, le fece un occhiolino malizioso e un sorriso che le sciolse il cuore. «Potrai aiutare la mia organizzazione a deporre Zuss e a salvare, nel mentre, innumerevoli donne».

Melissa imprecò e si aggrappò alla maniglia appena lo shuttle deviò all'improvviso perché i sensori avevano intercettato una minaccia. Anche Damian cadde di lato sul suo sedile, mentre la navicella veniva lanciata lateralmente, lasciandosi dietro qualunque cosa ci fosse.

«Voglio andare a casa», sussurrò lei.

Damian appoggiò le sue mani sulle sue e una corrente calda la attraversò: «Tu *sei* a casa».

Voleva ignorarlo, controbattere, ma c'era qualcosa di talmente irresistibile in lui da farla desistere. Era come se avesse una sorta di potere magnetico capace di attrarla. Ed era così bello... era passato molto tempo dall'ultima volta in cui si era trovata accanto a un uomo così vicino alla perfezione.

Damian passò la mano sul suo braccio, lungo la spalla, dietro il collo fino ad arrivare ai suoi capelli. Infine, aggrovigliò le sue dita tra le ciocche. In qualunque posto la toccasse, era in grado di accendere in lei un fuoco; una scia bollente tracciata dalle sue dita e che la stava bruciando all'interno, lasciandola desiderosa. Le dita dell'uomo sfiorarono dolcemente le sue guance per poi soffermarsi all'angolo della bocca sulla quale fece scorrere delicatamente il pollice. L'elettricità percorse anche il suo labbro inferiore, provocandole dei brividi. I suoi sensi si intensificarono, la pelle si increspò nel punto in cui la toccò. Un promemoria di ciò che lui era, di ciò che era il suo potere. Le labbra di Melissa si aprirono quando Damian vi passò sopra il pollice, e il suo respiro divenne irregolare e lento. Che cosa le stava succedendo?

«Vuoi ancora andare a casa?» Le sussurrò, in modo seducente, con voce roca. «O dovrei continuare con tutto questo?» Le sfiorò delicatamente la guancia con il dito, accendendo altrettanti brividi sul suo zigomo.

«Baciami», mormorò lei.

Con obbedienza, Damian abbassò la testa all'altezza delle sue labbra che si aprirono quando le loro bocche si incontrarono. La sua lingua calda scivolò dentro la sua bocca e fuochi d'artificio si accesero. Non era mai stata baciata in quel modo prima d'ora.

La piccola navicella sobbalzò di nuovo violentemente di lato, schivando altri colpi nemici e si separarono. Entrambi respiravano pesantemente.

«La tua lingua…»

Damian sorrise. «Ti è piaciuto?»

«È calda!»

«Sì. Tutti gli uomini Mojazi hanno una lingua calda. Ci aiuta a dare piacere alle nostre donne».

«Non sono la tua donna».

«Quel bacio diceva tutt'altro», ribatté lui, sorridendo ancora di più.

Melissa scosse la testa con forza. «Invece no. Quel bacio non significa nulla».

«Ci sposeremo non appena atterreremo su Mojaz», la informò, senza smettere di sorridere.

«E se non fossi d'accordo?»

Il sorriso di Damian svanì all'istante. «Verrai sculacciata finché non lo accetterai. Posso essere duro quanto Lucas, con te, anche se non ho alcun desiderio di farlo. Sei la mia donna, Mel; è mio dovere prendermi cura di te. Provvedere a te, proteggerti, adorarti, amarti ed educarti». La sua voce si addolcì mentre le accarezzava la coscia, ma lei oppose resistenza.

«Quel bacio non era niente», ripeté con maggiore convinzione. Damian ritrasse la mano, accigliandosi di nuovo.

«Non sei sulla Terra, ora», le ricordò severamente. «Su Mojaz un bacio non è mai niente. Abbiamo valori all'antica. Un uomo non bacia la sua donna a meno che lei non abbia onorevoli intenzioni. Tu *sarai* mia moglie».

«Gli uomini che prima hanno abusato di me di certo non avevano delle intenzioni così onorevoli!» Replicò lei, arrabbiata. Chi pensava di essere per dirle chi doveva sposare?

«Loro non ti hanno baciata. Ti hanno visitata. Sono due cose diverse».

«Non avevano nessun diritto di esaminarmi e tu non hai nessun diritto di sposarmi contro la mia volontà».

Damian si avvicinò a lei, le appoggiò la mano sulla coscia, stringendola delicatamente, e le rivolse un sorriso comprensivo. «Te l'ho già detto. Su Mojaz le cose funzionano in maniera diversa. Le donne non decidono chi sposare. Una volta che saremo sposati, sarai mia in tutti i sensi».

«E se non volessi esserlo?» Frignò.

«Farò del mio meglio per facilitarti il compito, per aiutarti. Ma, fondamentalmente, non hai scelta. Sei mia, Melissa».

La donna lo schivò, dandogli uno schiaffo sulla mano con rabbia. «Non toccarmi!» Ringhiò. La sua voce si acuì per la paura e la rabbia.

Damian fletté la mano prima di allargarla, facendo scrocchiare le nocche con forza. Poi appiattì il palmo della mano e lo abbassò violentemente sulle sue cosce, sculacciando prima quella di sinistra poi quella di destra, ancora e ancora, finché Melissa non sentì calde lacrime bruciarle gli occhi. Si rifiutò di lasciarle cadere.

«Mi dispiace!» Urlò lei e funzionò; Damian smise di colpirla.

«Questa è la tua prima lezione», ringhiò lui. «Non devi *mai* disubbidirmi. È chiaro?» La rimproverò come se fosse una bambina. A testa bassa, evitando il suo sguardo, Melissa fissò quella lacrima solitaria che cadeva e andava a formare una piccola macchia umida sui suoi jeans, proprio dove Damian l'aveva sculacciata. Sembrava simbolico, in qualche modo.

«Devi sottometterti, la cultura Mojazi lo pretende», le spiegò con dolcezza. «Se vogliamo prendere Zuss, mettere fine ai saccheggi, ai furti e ai rapimenti per far sì che non venda più le donne come schiave, allora ho bisogno del tuo aiuto. Ho bisogno della tua obbedienza».

«Capisco», disse Melissa.

Le prese il mento e la fece voltare verso di lui. «Davvero?» Le domandò con gentilezza. «O lo stai dicendo solo perché pensi che sia ciò che voglio sentire?»

«Non lo è?» Ringhiò lei.

«Solo se è vero».

«Oh certo, capisco», lo aggredì. «Nel mondo dal quale vieni, le donne sono niente. Siamo oggetti, beni materiali, giocattoli sessuali, qualcosa di inutile di cui abusare e poi gettare a vostro piacimento. Ci vengono negati i diritti fondamentali, non abbiamo la possibilità di prendere delle decisioni o di usare la nostra testa. Credo che questo riassuma il tutto. Ho dimenticato qualcosa?»

Damian sospirò. «Vedo che non hai compreso del tutto».

Melissa si sedette di scatto sulla sedia. «Oh, quindi le donne sono persone libere? Possiamo fare ciò che ci piace, andare dove ci pare, sposare chi vogliamo?» Attese solo un secondo per avere la sua conferma, ma questa non arrivò. «No. Penso di no. Avevo ragione, la prima volta». La sua voce era furia pura, ma cercò comunque di mantenere il controllo. Non c'era assolutamente nulla che potesse fare per cambiare le cose; doveva solo fare del suo meglio per trovare una via di fuga il prima possibile.

«Non abusiamo delle donne su Mojaz», insistette Damian, indignato. «Non verrai mai scartata o gettata via. Sarai adorata. Tutti i tuoi bisogni verranno soddisfatti. Condividerò con te tutto quello che ho. Farò tutto ciò che mi è possibile per renderti felice e darti piacere. Gli uomini Mojazi sono molto abili nel fare l'amore; non penso ne rimarrai delusa.

L'unica cosa che pretendo da te è la tua completa obbedienza».

«E se non lo farò, verrò schiaffeggiata», lo aggredì, ancora piena di rabbia.

Damian annuì semplicemente. «Esatto. Vedo che capisci, ora».

La piccola navicella cambiò rotta rapidamente, lanciando Melissa da una parte con una forza tale da farle sbattere la testa contro il vetro. Imprecò e subito vi poggiò sopra una mano. Quando la tolse, si accorse che c'era del sangue. Era un dolore acuto e lancinante che, poi, divenne più leggero.

Lo shuttle sobbalzò, andò su e giù, deviò bruscamente e continuò la sua rotta dopo aver schivato gli ultimi missili dei fuorilegge.

Damian allungò la mano verso la tasca e tirò fuori un tubetto. «Tieni», le disse dolcemente, facendole voltare la testa in modo che potesse vedere. «Lasciami fare». E per la seconda volta, nello stesso giorno, rimase seduta mentre lui le curava le ferite, applicando quel gel miracoloso che aumentava per un momento il bruciore e che, infine, lo alleviava fino a farlo sparire.

Melissa si passò una mano sulle cosce e guardò Damian riporre il tubetto nella tasca. «Non hai intenzione di curare anche queste?» Gli domandò.

L'uomo la fissò con uno sguardo severo. «No», rispose con fermezza. «Ogni volta che verrai sculacciata, dovrai sopportare il dolore causato dalla punizione. Ho solo alleviato il bruciore causato dalla punizione che Lucas ti ha inflitto perché è stato davvero duro con te, prima, e cercavo solo di guadagnare la tua fiducia. Adesso che sei la mia donna, puoi imparare a controllare il tuo atteggiamento e, quindi, a evitare di essere sculacciata. Questo gel serve solo in caso di incidenti. Non per le sculacciate».

«Non penso di poter obbedire», lo informò. «Non so nemmeno se voglio farlo. Perché non mi lasci andare e basta?»

«Imparerai», replicò lui. «Basta solo un po' di disciplina. E non posso lasciarti andare. Come potrei fare una cosa del genere?»

«Non sposarmi», ribatté, come se fosse ovvio. «Rimandami sulla Terra».

Damian scosse la testa. «È fuori discussione», le disse risoluto. «Capisco che per te sia difficile e sarò paziente, con te, mentre cerchi di imparare. Ma non c'è un'altra opzione. Non ci sono donne single su Mojaz. Una donna *deve* sposarsi. Non ha nessuna protezione; sarebbe niente, altrimenti».

«Che ne dici di un altro pianeta, allora?» Replicò lei. «Deve esserci un altro pianeta, là fuori, dove le donne vengono trattate come dovrebbero essere trattate, così come sulla Terra. Come eguali».

Damian scosse di nuovo la testa. «Anche questo è fuori discussione».

Melissa rimase in silenzio per un momento, valutando la sua situazione. «Quindi, per me, non c'è veramente via d'uscita? Sono bloccata qui con te, allora?»

Damian sorrise, un ampio sorriso che illuminò il suo viso e che le fece venire i brividi. «Esatto», rispose allegramente.

Entrambi si aggrapparono freneticamente ai loro sedili quando lo shuttle iniziò ad abbassarsi e a scendere di nuovo in picchiata, poi ci fu una potente esplosione seguita da un violento colpo. Lo shuttle iniziò a girare fuori controllo.

«Siamo stati colpiti!» Sussultò Damian. Si piegò freneticamente in avanti e riprese il controllo. Premette pulsanti e ruotò i quadranti, stringendo saldamente il joystick con una mano per raddrizzare la navicella. Sul suo viso si poteva leggere la sua determinazione mentre lottava per riprendere il controllo del veicolo e riprogrammare una nuova rotta, con la speranza di evitare ulteriori missili.

«Cosa vogliono da noi?» Piagnucolò Melissa, in preda alla paura.

«La stessa cosa che fa Zuss – venderti come schiava. Lui non è l'unico fuorilegge che scatena la sua furia nei cieli, come ben sai».

«Non lasciare che mi prendano», sussurrò. «Per favore, non farlo». Sollevò lo sguardo verso di lui, con gli occhi pieni di lacrime e un'espressione che implorava protezione.

Damian rimase in silenzio per un momento, a pensare, poi il suo viso si illuminò. «Rimani ferma. Sto per toglierti il microchip che il tuo governo ti ha impiantato nel collo», le disse. «Non possiamo permetterci di essere colpiti un'altra volta ed è il segnale inviato dal tuo microchip ad aiutarli a intercettarci. Dopo essercene sbarazzati, quei banditi non sapranno più dove ci troviamo – questa piccola navicella non apparirà sui loro scanner. Saremo al sicuro».

Melissa tremò e portò istintivamente la sua mano sulla parte posteriore del collo. «Ma mi farà male!» Protestò.

«Sì, ti farà male per un attimo», ammise Damian. «Non può essere evitato. Ma appena il chip sarà fuori, sarò in grado di ridurre il dolore. Dovrai essere coraggiosa per qualche minuto». Sganciò un coltellino dalla gamma di armi presenti sulla sua cintura e ne estrasse una lama. «Stenditi e resta ferma», le ordinò.

Melissa obbedì, strinse i denti e chiuse gli occhi per via del dolore mentre il coltello le tagliava la pelle. Sentì il bruciore aumentare quando Damian fece pressione sulla parte finale dell'oggetto, poi sentì un tintinnio non appena il microchip cadde per terra. Calde lacrime riempirono i suoi occhi.

«Fatto», la informò lui. «Resta ferma, ti sistemerò io». Lo osservò con la coda dell'occhio mentre tirava fuori dal taschino un fazzoletto d'argento per fermare il sangue, poi applicò il gel miracoloso. Pianse quando il gel entrò in contatto con la sua pelle, ma il bruciore scomparve nel giro di pochi secondi.

Rimise il tappo al tubetto mentre Damian mirò a distruggere il piccolo pezzo di metallo dall'aspetto innocente che si trovava sul pavimento e guardò affascinata come sparì in un soffio di luce verde, lasciando dietro di sé un mucchietto di cenere.

«Siamo liberi!» Esclamò lei, sollevando le mani in aria con entusiasmo. «Niente più scansate folli!»

«Siamo liberi», le confermò Damian. «Ci dirigiamo verso Mojaz, adesso; se voleremo dritti, saremo lì nel giro di poche ore».

CAPITOLO QUATTRO

«L'aria è blu!» Fu questa la prima cosa che Melissa notò, una pallida foschia blu che li circondava. Non erano ancora atterrati ma era evidente che la vita, su Mojaz, era completamente diversa da quella sulla Terra.

«Sì», le confermò Damian. «Questo pianeta ha un'atmosfera unica; a volte l'aria è viola, altre volte è blu… altre ancora è un bellissimo mix di entrambi, di un leggero color turchese. Il colore esatto dipende dal sole».

«È fantastico!»

Non appena atterrarono, si diressero verso l'ufficio che si occupava delle unioni civili per sposarsi. Melissa voleva dare un'occhiata attorno, ma Damian insistette sul fatto che le nozze dovevano essere celebrate prima. A quanto pareva, alle donne single sprovviste del tatuaggio del loro uomo non era permesso andare in giro su Mojaz. Melissa esitò quando sentì la parola "tatuaggio" ma non disse niente. Valeva la pena sperare che i tatuaggi Mojazi fossero diversi da quelli della Terra?

Da ciò che poteva vedere fuori dalla finestra del palazzo in cui si trovavano, il pianeta era bellissimo. Almeno, lo era la parte sulla quale si trovavano loro. Damian aveva posteggiato la piccola navicella nel parcheggio sotterraneo e aveva condotto Melissa lungo la scala tortuosa caratterizzata da finestre a tutta altezza, fino ad arrivare all'edificio principale dell'amministrazione destinato ai visitatori.

«Non avete ascensori?» Si lamentò, ansimando leggermente per la fatica. Non era abituata a fare i gradini – venivano a malapena usati sulla Terra.

«Li abbiamo, ma le scale sono più carine. Ci sono le finestre, così puoi vedere fuori», le disse. «Inoltre, dopo essere rimasti seduti per così tanto tempo, un po' di esercizio ci farà bene»

Melissa gemette dentro di sé. Avrebbe dovuto immaginarlo dal corpo tonico di Damian che era un patito della palestra. Lei lì ci aveva trascorso la giusta dose di tempo – con il lavoro sedentario che faceva, era incline a mettere su peso – ma limitava i suoi esercizi a tre volte a settimana. A parte le lezioni di ginnastica, l'esercizio fisico non era di sicuro un suo grande amico.

«Questo è simile al luogo che voi chiamate "dogana" – l'ufficio che si occupa degli arrivi in aeroporto», la informò. «La tua presenza qui, su Mojaz, sarà registrata e verrà annotato che appartieni a me. Potremo sposarci e andare via».

Melissa si irrigidì. Era una donna con una volontà libera – non apparteneva a nessuno!

«Scusami?» Lo aggredì.

Damian sospirò. «Ne abbiamo già parlato, Mel. Sei mia – in tutti i sensi. Abituatici». Le diede una pacca sulla spalla e continuò a camminare, tirandola dietro di sé.

Da una parte c'era il mare. I gabbiani si agitavano nel cielo, mentre le onde selvagge si infrangevano sul bagnasciuga e la schiuma risaliva la spiaggia di sabbia nera. Non c'era nessuna recinzione alta in metallo a tracciarne i confini con i segnali arancioni luminosi per avvertire le persone di stare lontane dalla spiaggia, così come sulla Terra; infatti, sembrava più una strada sterrata. Poteva intravedere persino un coppia di surfisti, se guardava con attenzione.

«È sicuro nuotare in questa spiaggia?» Domandò a Damian, eccitata. Sarebbe davvero fantastico! Sua nonna poteva ancora ricordare il tempo in cui le spiagge della Terra erano abbastanza pulite per poterci nuotare ma, col passare degli anni, le acque furono contaminate e divenne pericoloso avvicinarsi. Il governo aveva dovuto far filtrare l'acqua potabile tramite l'uso di attrezzature altamente sofisticate - al costo di miliardi di dollari ogni anno – perché nessuna di esse era stata risparmiata. Era pericoloso persino camminare sulla sabbia.

Dall'altra parte si ergeva una fitta foresta ricca di enormi Kahikatea, Rimu, Kauri, Kowhai e molti altri alberi che era in grado di riconoscere, ma ai quali non sapeva dare un nome. Si domandò se la presenza dell'avifauna fosse abbondante anche lì, così come le diceva sempre sua nonna.

Non riusciva a vedere così lontano, nell'altra direzione; il vetro della finestra le oscurava la vista. Ma poté vedere un enorme Pohutakawa in piena fioritura, all'angolo della scogliera, che scendeva verso la spiaggia, e un'altalena appesa a uno dei suoi robusti rami.

«Andiamo», le disse Damian con urgenza, tirandole la mano per condurla di fretta lungo il passaggio che portava all'ufficio delle dichiarazioni. «Puoi esplorare più tardi».

Per le sue nozze non le venne riservato nessun abito elegante. Niente fiori, nessuna famiglia e nessun amico a riunirsi lì per poter assistere all'evento. Non erano stati scambiati nemmeno i voti nuziali; fu solamente un semplice affare sbrigativo. Il capo dell'ufficio dichiarò essenzialmente che lei apparteneva a Damian, ora. Firmò, datò e stampò il sigillo di approvazione e gli augurò buona fortuna. La cerimonia si concluse con il loro nome tatuato dal tatuatore sui polsi di ognuno. Le fece male, ma dopo pochi secondi Damian applicò il gel guaritore su entrambi ed eliminò il bruciore.

Poi, si abbassò per darle un bacio casto sulla guancia. «Benvenuta su Mojaz, mia bellissima moglie».

* * *

L'aria, sul pianeta, era fresca. Era diversa da quella della Terra. Il sale marino veniva trasportato dal vento e Melissa riuscì a sentire il profumo dei fiori e degli alberi. Rimase ferma a inspirare profondamente, sbattendo le palpebre per far abituare gli occhi all'aria blu.

«Vuoi scendere giù in spiaggia?» Le propose Damian. «Sono un pochino stanco e credo lo sia anche tu, ma abbiamo un po' di tempo per darle un'occhiata, se vuoi».

Trascorsero la mezz'ora successiva a passeggiare sulla spiaggia. Melissa si stupì di quanto potesse essere meraviglioso camminare scalzi sulla sabbia e bagnarsi tra le onde. L'acqua era troppo fredda per poter nuotare, ma la sensazione di essere lì era comunque stupenda. La libertà di poter sentire la sabbia tra le dita, il vento tra i capelli e le onde che le bagnavano i piedi erano abbastanza per farla sentire felice… o quasi… finché non ripensò alla sua famiglia e agli amici che si era lasciata alle spalle. Li avrebbe mai rivisti?

* * *

Mentre Damian era occupato in cucina a preparare la cena, continuò a dare un'occhiata a sua moglie. Melissa guardava fuori dalla finestra con aria sognante, con la speranza di poter vivere felicemente con lui. Si sentiva rapito; non solo era bellissima con i suoi grandi occhi, i lunghi capelli biondi, le gambe che sembravano allungarsi all'infinito e un corpo snello, ma era anche coraggiosa. Non aveva tempo per le donne timorose, che avevano paura di qualsia cosa. Gli piaceva l'obbedienza, sì – dopotutto, era una caratteristica necessaria su Mojaz – ma era attratto anche dall'ardore e dal coraggio. E se c'era una cosa che Melissa aveva, era proprio quello. Era stata portata via dalla sua casa, sottoposta a una visita medica brutale condotta da uomini che non conosceva, costretta a sposare un estraneo e informata del fatto che, ora, era di sua proprietà. Ma non si era fatta intimidire. E a lui piaceva. Melissa non aveva paura di lottare per sé stessa e di dar voce ai suoi pensieri; sarebbe stata una sfida. E a lui piacevano le sfide. Ne era già innamorato e sapeva che avrebbe fatto di tutto pur di renderla felice.

* * *

Damian si era comportato da perfetto gentiluomo quando la portò a casa. Viveva nell'attico di un enorme condominio e il panorama era magnifico. Melissa poteva vedere davanti a sé per chilometri – la città, il mare e le campagne circostanti. Osservando fuori dalla finestra con aria sognante, sapeva di poter essere felice qui, se si fosse data una possibilità. Era come un paradiso. Si sedette sull'enorme divano vicino a Damian e guardò quel posto che era la sua nuova casa, persa nei suoi pensieri, mentre era impegnata a mangiare la sua Caesar salad

* * *

«Non ho intenzione di dividerlo con te!» Sbottò, sbattendo i piedi dopo aver realizzato che nell'appartamento c'era un solo letto. «So di essere tua moglie e tutto il resto, ma ti conosco a malapena! Aspettarti che io dorma con te, stanotte, è davvero troppo».

«Per stanotte sarai al sicuro», le promise. «Sono stanco quanto te».

Così, Melissa si addormentò all'istante, ancora vestita. Si rannicchiò sul fianco il più a sinistra possibile sul letto e il più lontano possibile da Damian.

Si svegliò quando sentì le sue dita scorrerle lungo la schiena.

«Sveglia, bellezza», le sussurrò, lasciandole una scia di baci sulla guancia che partivano dall'orecchio fino ad arrivare all'angolo della bocca. Melissa gemette e aprì gli occhi.

«È già mattina?» Brontolò.

Daman non rispose. Incollò, invece, le labbra alle sue e le catturò la lingua tra i denti per esplorarla, per assaggiarla. Era calda e la sua saliva le causò un fremito. Era come se una reazione chimica si stesse verificando in conseguenza della loro passione e lei non poteva fermarla. Non sarebbe stata in grado di resistere ai suoi baci nemmeno se avesse voluto. Lo desiderava; lo bramava. Sentì l'eccitazione salirle dal basso ventre e il seno gonfiarsi e serrarsi al di sotto del peso di Damian che era sdraiato sul suo petto. Quando lui approfondì il bacio, esplorandola ancora e ancora con la sua lingua, mentre la sua bocca la divorava, Melissa poté sentire esplodere i fuochi d'artificio. Una delle due mani andò ad afferrarle i capelli alla base, l'altra si fece strada lungo le sue cosce e si mise a giocherellare con il bottone dei jeans. Fece scivolare le dita al di sotto della cintura, spingendole sempre più giù fino a toccare il suo sesso. Melissa si inarcò per andargli incontro quando il pollice di lui iniziò a tracciare piccoli cerchi sul pube e le sue dita scivolarono sempre più in basso. Ne inserì con delicatezza uno all'interno mentre l'altro trovò subito quel piccolo bocciolo rigonfio che stimolò sapientemente, stuzzicandolo.

Melissa gemette nella sua bocca. «Di più».

Damian aggiunse un secondo dito e iniziò a muoverli ritmicamente mentre lei gli andava incontro, pregandolo di andare più a fondo. Le slacciò i pantaloni e li fece scivolare sulle gambe; poi si chinò, soffiò delicatamente sul clitoride e la fece ansimare di piacere.

Il suo respiro era caldo, mentre soffiava sul piccolo rigonfiamento e andava ad aggiungersi al calore che aumentava nel basso ventre. Appoggiò la bocca sul suo sesso per assaggiarla, stuzzicarla e mentre la sua lingua si faceva strada al suo interno, poteva avvertire continue ondate di piacere. Damian leccò il suo nettare tenendo le gambe sempre più divaricate in modo da poter andare più in profondità. Col pollice massaggiava delicatamente il clitoride, conducendola sempre più vicino al punto di non ritorno.

Melissa si sentì su di giri perché Damian le tolse il respiro. Non riusciva nemmeno a formare un pensiero coerente di fronte alle cose incredibili che le stava facendo… il bisogno quasi doloroso tra le sue gambe si fece più forte e profondo a causa dei movimenti della sua lingua.

«Damian!» Sussurrò disperatamente. Non poteva credere che quella fosse la sua voce. «Ho bisogno di te!» Si inarcò di nuovo e spinse i fianchi verso la sua lingua seguendo un ritmo serrato. «Voglio sentirti dentro di me».

Lui le diede un leggero morso e la fece urlare. «Sono io a stabilire le regole, bellezza», l'ammonì. La baciò dove l'aveva morsa e quelle labbra morbide fecero tutto in modo meraviglioso, aumentando ancora di più la sua eccitazione. Melissa intrecciò le dita dietro l'ampia schiena del suo uomo, spingendolo contro di lei, ma lui si allontanò spezzando il contatto. Con una mano le avvolse entrambi i polsi e li tenne stretti sul cuscino, al di sopra della testa. «Non toccare», ringhiò, prima di riprendere da dove aveva interrotto.

La sua lingua picchiettò e leccò instancabilmente tutto attorno, dentro e fuori, lasciando una scia bollente di passione lungo il cammino. Con le dita di una mano Damian teneva aperte le grandi labbra mentre divorava il suo sesso fino ad arrivare nei punti più reconditi. Quando si accorse che era vicina all'orgasmo si fermò, la tenne sospesa in quell'attimo e le impedì di andare oltre. Allora si calò rapidamente i pantaloni e lasciò libera la sua erezione. Melissa ansimò nel momento in cui Damian entrò dentro di lei e la riempì completamente. Era enorme. Quindi, iniziò a far ondeggiare i fianchi a tempo con quelli di lui che, all'inizio, si mosse lentamente per poi aumentare la velocità fino ad arrivare sempre più in profondità, portandola con sé verso nuovi picchi di estasi. Melissa chiamò il suo nome quando venne. Fu l'orgasmo più incredibile che avesse mai provato. Damian continuò a penetrarla a fondo più volte, la sua lunghezza era quasi insostenibile. Poi, rilasciò il suo seme caldo e la riempì, mentre continuava a rabbrividire e si accasciava su di lei, spossato.

Trascorsero diversi minuti prima che Damian si muovesse per alzarsi, ma Melissa non se ne lamentò. Il solo averlo lì, avere il suo corpo muscoloso contro di lei e i suoi occhi viola socchiusi la faceva stare bene.

Anche fare la doccia fu fantastico. La cabina era un enorme recinto in vetro con il soffione appeso a una catena che scendeva dal soffitto. Era come ritrovarsi sotto a una cascata. Alcuni piccoli getti d'acqua, posizionati in diversi punti, fuoriuscivano dal muro e potevano essere regolati per massaggiare e stimolare ogni parte del corpo. Damian aspettò che fosse nuda e già al suo interno, prima di togliersi i vestiti e unirsi a lei. In fretta e furia, Melissa si coprì il corpo con le mani e indietreggiò.

«Non puoi!» Sussultò.

Damian le fece un sorrisetto. «Dopo quello che abbiamo appena condiviso, ti vergogni di fare la doccia insieme a me?»

Aveva ragione, dovette ammetterlo. Lo guardò dalla testa ai piedi. Non l'aveva ancora visto nudo ed era magnifico. Alto e slanciato, col torso duro come la roccia, il suo corpo non aveva un filo di grasso. Sulla schiena si delinearono i muscoli quando si voltò per premere il pulsante collocato sulla parte alta del muro. In un attimo, l'acqua che fuoriusciva dal soffione si trasformò in una sostanza spumeggiante, bianca come il latte, che la ricoprì automaticamente. Damian le si avvicinò e iniziò a strofinarle quella seconda pelle con le dita, raggiungendo ogni piccola piega. Anche lei gli si avvicinò per tracciare con le sue i contorni di quel corpo muscoloso. Partì dal mento per poi arrivare ai capelli dai quali lavò via le goccioline che vi si erano depositate sopra. Dopo avergli poggiato una mano sul viso, con l'altra si fece strada lungo il torso sul quale tracciò una linea che partiva dal petto e che arrivava fino all'ombelico, poi ancora più giù. Gli afferrò l'uccello con la mano e lo sentì indurirsi sotto il suo tocco; divenne talmente grande che non riuscì a unire le proprie dita attorno a esso. Lo strano sapone liquido continuò a fuoriuscire dal soffione e andò a lubrificare la sua asta, rendendola abbastanza scivolosa da permetterle di far scorrere facilmente la mano su e giù. Melissa era ricoperta interamente di schiuma; il sapone non aveva un cattivo sapore e non le bruciò nemmeno gli occhi quando le si depositò sul viso. E quando lui le baciò le labbra sotto il getto dell'acqua calda, un'energia erotica l'attraversò provocandole un brivido lungo la schiena. Il corpo di Damian contro il suo riaccese quel bisogno profondo e doloroso che solo lui poteva soddisfare.

Si tese verso di lui che la penetrò duramente, dopo averle afferrato il fondoschiena con le mani. Poi, la sollevò per metterla a cavalcioni sulle sue gambe. Camminando in avanti, la fece aderire alla parete di vetro della doccia e la intrappolò col suo corpo. I getti d'acqua continuavano a inondare entrambi, ricoprendoli di schiuma. Melissa circondò i fianchi del suo uomo con le gambe, incrociandole dietro di lui, e vi si spinse contro in profondità mentre le sue mani gli cinsero il collo. Lo baciò con passione, divorandolo affamata, e la sua lingua le accese un fuoco dentro.

Damian la spinse contro il muro, continuando a scoparla senza sosta, tanto da portarla ad affondare le unghie nel suo collo. Le venne dentro mentre pronunciò il suo nome con voce roca.

«Mio Dio, Damian», sussurrò, rannicchiandosi contro il suo collo. «Voi non siete per niente umani. Nessun uomo – e ce ne sono stati molti – sarebbe capace di farmi quello che fai tu nemmeno se ci provasse. Neanche i vibratori, per quanto siano buoni, ci si avvicinano così tanto». Non avrebbe voluto che la sentisse ma accadde. Lo sentì sorridere sulla sua pelle e la sua bocca calda le baciò la gola.

«Te l'ho detto che ti avrei resa felice», le sussurrò.

CAPITOLO CINQUE

Dopo che Damian le aveva regalato un risveglio da sogno, Melissa pregò di trascorrere il resto della giornata con suo marito ma non poté. Damian doveva andare al lavoro.

«So che non è il massimo», le disse, cercando di confortarla dopo che lei aveva messo il broncio, «ma oggi puoi esplorare Mojaz, se vuoi. È un pianeta minuscolo – puoi vedere tutto ciò che vuoi in una settimana. Ti piacerà, te lo prometto». Chinandosi, le baciò teneramente la fronte provocandole un brivido caldo; i suoi occhi viola erano pieni di passione.

Melissa cercò di sorridere ma non ci riuscì. Non voleva che la lasciasse da sola, in quel posto, per tutto il giorno. Non conosceva nessuno, non conosceva le abitudini degli abitanti… cosa sarebbe successo se avesse fatto qualcosa di sbagliato e fosse finita nei guai? E se qualcuno le avesse fatto del male? Non era sicuro girare a piedi, da sola, sulla Terra – c'erano fin troppi criminali - e qui non sarebbe nemmeno stata in grado di riconoscere un agente di polizia. E se si fosse persa? E se una tempesta l'avesse colta e lei non avesse trovato un rifugio in tempo? Tutti quei possibili scenari fatti di "e se" le stavano riempiendo la testa mettendole paura. Era già terribile il fatto che si trovasse da sola su un pianeta sconosciuto, ma lasciarla completamente in balìa di sé stessa nel suo primo giorno fu semplicemente crudele.

«Dai, siediti e fai colazione», le disse, indicando la sedia accanto a lui.

Melissa scosse la testa. «Non ho fame». Non era la tipica ragazza che faceva colazione. Non mangiava mai prima di mezzogiorno; da quando era bambina e viveva sotto il controllo della madre, non aveva mai mangiato seguendo gli orari di qualcun altro.

«Devi mangiare», cercò di persuaderla. «La colazione è il pasto più importante della giornata», aggiunse con tono paternalistico e qualcosa, dentro di lei, si ruppe facendo sì che il broncio si trasformasse in rabbia. «Sono una persona adulta!» Lo aggredì. «Mangio quando ne ho dannatamente voglia! Non ti azzardare a dirmi quello che devo fare!»

Veloce come un lampo, Damian le fu accanto e la cinse con un braccio. Accadde così in fretta che Melissa non ebbe nemmeno il tempo di reagire. Prima che potesse contrastarlo, iniziò a schiaffeggiarla sul fondoschiena con la sua mano enorme. Il dolore esplose quando le colpì il sedere per sei volte nel giro di pochi secondi, poi la lasciò andare. Si allontanò da lui ma lo guardò con ira. Rabbia e frustrazione si erano impadronite di lei, andando a scontrarsi con il panico che stava salendo in superficie, e dovette fare tutto ciò che poté per non urlare dalla collera.

«Ti ho già spiegato quanto sia importante la sottomissione», la rimproverò severamente. «Non posso permettere che mi vengano poste delle domande solo perché tu mi disobbedisci. Inoltre», continuò, ammorbidendo il tono della voce, non senza un velo paternalistico, «ho bisogno del tuo aiuto. Ho bisogno che la tua mente e il tuo corpo siano in forma e forti. Ho bisogno che la tua mente sia lucida, non annebbiata dalla mancanza di cibo. Il tuo aiuto è fondamentale per consegnare Zuss alla giustizia e liberare tutte quelle donne tenute prigioniere – è importante che faccia colazione».

«Non sono una tipa da colazione», si lamentò scocciata.

«A me piacerebbe farla con mia moglie». La guardò negli occhi e le sorrise, incantato. «Potrai assumere una compressa alimentare a pranzo, se vuoi, invece di prepararti il pasto. Ma voglio fare colazione con te prima di andare al lavoro. Ho bisogno di sapere che tutte le necessità di mia moglie sono state soddisfatte. Quindi, per favore, siediti e mangia».

Melissa si allontanò, scuotendo la testa. Non voleva mangiare ma, cosa più importante, non voleva stargli accanto. In nessun caso si sarebbe seduta vicino a qualcuno che pensava fosse un suo diritto punirla se decideva di non mangiare quando le veniva imposto di farlo!

«Melissa», l'avvertì. «Vuoi altre sculacciate?» Fletté la mano, dimostrandole di essere serio.

Lei si allontanò di nuovo. Non poteva farlo. Assolutamente. Voleva ritornare a casa sua.

«Melissa!» Sbottò. «Vieni qui e siediti immediatamente!»

Il cuore le batteva per la paura. Non che ne avesse per davvero – non era così; in qualche modo era consapevole del fatto che non le avrebbe fatto del male – ma la sua dominanza risoluta la intimidì. Mordendosi il labbro, camminò lentamente verso di lui mettendo il muso. Lo avrebbe raggiunto, ma non le avrebbe fatto piacere. Dopo diversi minuti passati in silenzio, durante i quali continuò a stare seduta vicino a lui fingendo di mangiare, la sua curiosità prese il sopravvento.

«Cosa è la compressa alimentare?»

Ascoltò attentamente mentre Damian le spiegava che quella pillola era stata sviluppata per le persone che non volevano disturbarsi a mangiare e che, invece, preferivano consumare le loro calorie in compresse.

«Allora perché disturbarsi tanto a cucinare?» gli chiese. «Perché preoccuparsi di preparare la colazione? Perché non assumere la pillola e basta? Perché non darmene una adesso invece di costringermi a mangiare quando non voglio?» Melissa suonava pungente e scontrosa e lo sapeva, ma lo fu fin troppo. *Era* pungente e scontrosa – era una persona adulta, non una bambina da poter comandare a bacchetta!

«A volte mi piace cucinare. E mi piace iniziare la giornata con una colazione appropriata. E voglio che mia moglie si unisca a me. È davvero chiedere troppo?»

«Sì», lo aggredì, mettendo di nuovo il broncio. Giocherellò con il cucchiaio. Non era per niente una tipa da colazione e di sicuro non le piaceva essere costretta a mangiare. Normalmente, non era la classica persona che metteva il broncio ma si rese conto che, dopo tutto quello che aveva passato, aveva il diritto di farlo. Oltretutto, se voleva trattarla come una bambina incapace di prendere le decisioni più elementari come quella di mangiare quando voleva, allora si sarebbe comportata come tale.

«Smettila di tenere il muso e fai colazione», la rimproverò. «Non capisco perché ne stia facendo un dramma».

«Forse perché il fatto di non aver fame e di non voler mangiare è una cosa importante?» ribatté. Dopo averlo guardato con sufficienza, mise giù il cucchiaio. «Tengo il muso, se lo voglio fare. Lasciami in pace».

Damian sospirò e si alzò. «Non volevo che la nostra vita matrimoniale iniziasse in questo modo, Melissa», ringhiò. «Ma non mi dai altra scelta. Su Mojaz sono gli uomini a dettare le regole, le mogli le seguono. Quelle che non lo fanno vengono sculacciate. Semplice e chiaro. Non ho molte regole, ma la colazione non è negoziabile». La tirò su dalla sedia, prima di spingerla lontano dal tavolo, e ci si sedette sopra.

«Perché non è negoziabile?» gli urlò lei addosso, lottando furiosamente contro di lui mentre la capovolgeva per metterla sul suo grembo.

«Ti ho già detto che la colazione è importante per mantenere in salute la mente. Il lavoro che devi fare è troppo importante perché venga messo a rischio da un cervello annebbiato dalla mancanza di cibo. Ho bisogno che tu stia in salute». La riposizionò come prima e si spinse sotto di lei per slacciarle i jeans. Melissa si dimenò e si contorse ma Damian la tenne stretta e le tirò giù i pantaloni e le mutandine fino alle ginocchia. Gli si oppose con forza, le sue gambe scalciavano ma gli mostrarono completamente le parti basse, nel disperato tentativo di scappare.

«Lasciami andare!» Insistette. «Non hai alcun diritto di farmi questo!»

Damian le colpì il fondoschiena nudo con veemenza. «Ne ho tutti i diritti». La schiaffeggiò di nuovo, stavolta ancora più forte e con colpi precisi, netti e brucianti, i quali le fecero inarcare la schiena e urlare la sua contrarietà ogni volta che la mano andava giù.

«Devi imparare a obbedire», le disse, facendole la paternale, mentre le faceva a pezzi il sedere. «Se disobbedisci in pubblico, se infrangi le regole in pubblico, sarà davvero un grosso problema. È fondamentale che impari il valore dell'obbedienza qui, a casa, hai capito?» Accompagnò le sue parole con un altro schiaffo sonoro dato nello stesso punto.

«Ho capito!» Rispose, cercando di trattenere le lacrime, mentre cadevano altre perfide sculacciate.

Damian smise di colpirla e poggiò la mano sul sedere di Melissa con leggerezza. «Che cosa hai capito?» Le domandò con gentilezza.

«Ho capito che odio questo posto e che voglio andare a casa!» Replicò in lacrime. Aveva il fondoschiena gonfio e in fiamme, ma si rifiutò di sottomettersi a lui. Una parte di lei lo voleva, affinché il dolore smettesse, ma nel profondo c'era una piccola parte che non lo accettava. Quella parte che era cresciuta su un pianeta dove le donne erano trattate in modo equo, dove avevano ruoli di potere, dove prendevano importanti decisioni e avevano il pieno controllo delle loro vite, si rifiutava di cedere a Damian.

* * *

Damian scosse la testa e, stavolta, mise ancora più forza nello schiaffeggiarla. Era perplesso. Come riusciva ad essere ancora così impetuosa nonostante stesse infierendo su di lei in quel modo? La mano gli faceva male e il suo sedere era gonfio e in fiamme. E ancora continuava a ribellarsi, a resistergli. Quella stessa mano andò giù per colpirle le cosce. L'intero fondoschiena, ora, era di color rosa scuro e aveva delle chiazze rosse. Damian digrignò i denti mentre continuava il suo lavoro. Non era uno a cui piaceva farlo, ma era necessario. Era sua moglie, una sua responsabilità; le doveva insegnare a obbedire.

Continuò a sculacciarla, con la speranza che smettesse di lottare contro ogni ceffone. Eppure, ogni volta che la mano di lui si posava, Melissa gridava, imprecando con un linguaggio sporco che non sentiva da anni o che, in parte, non aveva mai sentito. Continuava a combattere, nel tentativo di fuggire, scalciando, inarcandosi, contorcendosi. Le aveva bloccato i polsi, mentre le gambe erano intrappolate sotto le sue. L'aveva immobilizzata, non poteva scappare, ma lei continuava a provarci. «Smetti di lottare», le sussurrò sottovoce, mentre le schiaffeggiò prima una natica e poi l'altra. I contorni delle dita stavano lasciando dei segni di color rosa scuro sulla pelle già arrossata. «Per favore, smettila di combattermi!» Le ordinò, preso dalla disperazione, ma assestandole un altro duro colpo sul sedere. La sculacciò di nuovo, più duramente che poté in quello stesso punto e Melissa, finalmente, si arrese. Si lasciò andare sulle ginocchia di Damian, in preda a un pianto incontrollabile, con le spalle che le tremavano. Si sforzò di respirare tra i singhiozzi ma non fu facile. Per sicurezza, la colpì altre due volte, poi si fermò e poggiò con leggerezza la mano che gli faceva male sul suo fondoschiena in fiamme. Riuscì a percepire persino il calore che si irradiava. Dopo averle liberato i polsi e le gambe, tracciò con i polpastrelli dei cerchietti delicati sulla schiena, dandole sollievo.

Nessuno dei due parlò mentre Melissa giaceva lì a piangere miseramente ma, un poco alla volta, il pianto diminuì; singhiozzò e cercò di alzarsi. Lui rimase lì con lei e l'attirò a sé, premendole la guancia contro il suo petto ampio, e le baciò i capelli con dolcezza prima di risollevarle i pantaloni e abbottonarglieli.

* * *

Lo odiava! Ed era così confusa! Come riusciva ad essere così dolce e amorevole, così focoso nel darle piacere solo un momento prima, per poi trattarla ingiustamente poco dopo? Come poteva trascorrere il resto della sua vita con qualcuno che la trattava in quel modo?

«Mi hai mentito», sussurrò.

Damian la guardò, sorpreso.

«Sulla navetta mi hai promesso che, su Mojaz, le donne venivano rispettate, amate, protette e che vi prendevate cura di loro. Bene, quello che hai appena fatto non è stato in alcun modo amorevole, protettivo o premuroso. Sei un bugiardo, Damian, e per di più un violento!» Incrociando le braccia sul petto in segno di difesa, Melissa si sedette sul tavolo solo per alzarsi un attimo dopo, quando il suo fondoschiena entrò in contatto con la sedia. Un sorrisetto fugace attraversò il viso di suo marito, ma venne subito rimpiazzato da uno sguardo minaccioso.

«Non ti ho mentito e una sculacciata non è un abuso», dichiarò con vigore. «Sto cercando di prendermi cura di te – cerco di assicurarmi che resti in salute. Ti ho confortato, dopo aver finito di schiaffeggiarti, così come farebbe un buon marito».

«Oh, allora è tutto a posto, vero?» Lo aggredì con rabbia. «Puoi abusare di me purché poi mi consoli?» Melissa si asciugò gli occhi arrossati con i pugni. Erano ancora pieni di lacrime e tirava su con il naso, per questo motivo le fu difficile discutere con lui. La testa le faceva male a causa del pianto; stava cercando di sforzarsi per formare un pensiero coerente.

Damian sorrise. «Avevo ragione – sarai una vera sfida. Proprio le sfide che piacciono a me», le disse. «Ma il tuo sederino non è in grado di ripetere la performance; quindi, ti consiglio di tenere a freno la lingua».

Melissa restò lì, in silenzio, fumante dalla rabbia e guardò Damian finire velocemente il resto della colazione. Poi, inserì il piatto sporco all'interno della fessura di una grande macchina all'angolo della cucina.

«Che cos'è?» Gli domandò. Avevano le lavastoviglie, sulla Terra - molto sofisticate, in effetti – ma non erano come l'apparecchiatura di fonte alla quale si trovava lui.

«Un contenitore per i piatti. Metti i piatti sporchi all'interno, questi vengono lavati e poi, quando vuoi qualcosa, premi i pulsanti e il vassoio fuoriesce dal basso. Pulito e pronto all'uso».

Lei annuì, affascinata. Damian aveva ragione. La tecnologia, su Mojaz, era superiore a quella che si poteva trovare sulla Terra, nonostante fosse un pianeta minuscolo con una popolazione contenuta.

«Per favore fai colazione, Melissa», le disse, guardandola da sopra la spalla, mentre si dirigeva verso la porta. «Sentiti a casa, esplora, guarda cos'ha da offrire Mojaz. Io devo andare al lavoro, rientrerò tardi stanotte». Le mandò un bacio e andò via.

Melissa non fece colazione. Appena Damian sparì dalla sua vista, infilò il piatto nel contenitore senza nemmeno ripulirlo dagli avanzi. Premette il pulsante come lo aveva visto fare a lui e rimase ad ascoltare con orrore i rumori provocati dalla frantumazione e dal gorgoglio che uscivano dalla macchina. Fece una smorfia. Non era successo quando Damian l'aveva usata; cosa aveva fatto di sbagliato? Non che le importasse, non aveva idea di come aggiustarla; quindi, dovette sperare che fosse tutto ok. Infatti, così sembrò; tremò violentemente una volta sola, fece un rumore secco assordante, fece un bip per indicare che aveva finito e poi si fermò.

Era troppo avvilita per voler esplorare i dintorni. Il fondoschiena le pulsava, le faceva male e bruciava allo stesso tempo, causandole un dolore lancinante ad ogni movimento che faceva ogni qualvolta il jeans sfregava contro la sua pelle in fiamme. Anche il movimento più piccolo le faceva male. Le doleva anche se non si muoveva; prudeva, bruciava e le pulsava con un dolore leggero che la raggiunse nel profondo. Gettandosi a faccia in giù sul divano, si coprì il viso col cuscino e pianse amaramente. Provava dispiacere per sé stessa e desiderava solamente ritornare a casa. Poi, le vennero in mente gli sguardi glaciali e duri del soldato che l'avevano fissata con durezza. Ricordò le sue parole rancorose. «Si ritenga fortunata, signorina», le aveva detto con rabbia. «Almeno lei ha la possibilità di sopravvivere. Tutti quelli che resteranno sulla Terra verranno uccisi». Si ricordò dei compagni di viaggio con i quali aveva lasciato il pianeta, ancora nelle grinfie del Comandante Zuss, e che stavano per essere venduti come schiavi. Un brivido la percorse quando si rese conto che aiutare Damian a salvarli da quel destino dipendeva solo da lei. Aveva la possibilità di diventare un'eroina.

Dopo essersi autocommiserata per un bel po', si sedette e si sgranchì le gambe. Stava ancora troppo male per uscire e andare a esplorare, ma di sicuro c'era abbastanza, in quell'appartamento, da poterla tenere occupata. Gli alieni guardavano la TV? Ascoltavano la radio? Si guardò attorno alla ricerca di qualche forma familiare di intrattenimento, quando notò un computer posto sopra una scrivania nell'angolo più lontano della parete e sotto la finestra. *Aha!* Pensò. *Vendetta!*

Il computer di Damian era protetto da una password, ma Melissa impiegò circa due secondi per bypassare quella semplice funzione di sicurezza. Nonostante tutta la sua arroganza nel presumere che gli uomini Mojazi fossero superiori ai terrestri, avevano comunque dei vecchi computer!

Era ancora troppo irritata per potersi sedere, così si inginocchiò sul pavimento di fronte al pc senza problemi. Nelle ore successive, si divertì un sacco a violare parecchi computer su tutto il pianeta. Fece evacuare il palazzo nel quale si trovava manomettendo la voce automatica e inviando un monotono e robotico "evacuare, evacuare, evacuare" attraverso gli altoparlanti dell'atrio. Guardò divertita, fuori dalla finestra, come la struttura veniva abbandonata dagli inquilini che si radunavano all'esterno e che guardavano preoccupati l'edificio in allarme, chiedendosi quale pericolo vi si fosse abbattuto. Si misero a girare con impazienza, in attesa che l'addetto alla sicurezza desse loro delle spiegazioni. Quando gli fu permesso di rientrare, Melissa diresse di nuovo la sua attenzione verso il pc.

Avvertì un momentaneo senso di colpa, ma se ne liberò subito. Mojaz era un pianeta ridicolo con regole altrettanto ridicole – era ora che qualcuno gli desse una lezione. Era talmente presa da sé stessa che non si rese conto della porta che si era chiusa con un colpo secco. Non sentì nemmeno i passi correre fin dentro la stanza. Non notò che Damian era rientrato a casa finché non fu troppo tardi.

«Che cosa cazzo pensi di fare?!» Le ruggì contro, con il viso contorto dalla rabbia. «Sono rientrato a casa preso dal panico perché ho sentito che il nostro edificio doveva essere evacuato, solo per poi scoprire che tu hai hackerato il sistema e causato tutto questo!» La afferrò per il colletto della maglietta, la trascinò in piedi e la fece scivolare sulla parete. Melissa si reggeva sulle dita dei piedi, a pochi centimetri dal viso di Damian.

«Che cosa cazzo stai facendo?» Ringhiò di nuovo, scuotendola con violenza prima di lasciarla cadere sul pavimento.

«Mi stavo annoiando», gli rispose. Nella voce non vi era alcuna traccia di paura o di pentimento.

«Ti stavi annoiando», ripeté lui, incredulo. «Hai almeno idea di cos'hai appena fatto?»

Melissa annuì. «Certo». Gli sorrise, orgogliosa.

Damian gettò le mani in aria preso dall'esasperazione, poi si voltò a guardarla di nuovo. Era serio. «Abbassati i pantaloni e chinati sulla sedia», le ordinò con tono serio. «Fallo ora, non ribattere».

«Sei ingiusto», lo aggredì. «La mia intera esistenza è stata rivoltata come un calzino da un giorno all'altro! Tutto quello che volevo fare era divertirmi, cercare di dimenticare l'incubo che sto vivendo almeno per un po'». Il viso di Melissa si riempì di lacrime, mentre sollevava lo sguardo per guardarlo da sotto le ciglia, e lo vide ammorbidirsi.

«Lo so e mi dispiace che il tuo mondo abbia subito un cambiamento del genere. Ma questo non giustifica il tuo comportamento. Ti ho spiegato più di una volta il motivo per il quale devi obbedire. Adesso vieni qui e fammi vedere che sai come seguire le istruzioni».

Lentamente e con un po' di riluttanza, Melissa obbedì. Pensò che avrebbe dovuto sapere cosa sarebbe successo; avrebbe dovuto immaginare che sarebbe stata scoperta. Sperò solo che il suo fondoschiena non fosse ancora così malridotto dalle sculacciate di quella mattina. Non credeva di poter sopportare ancora molto dolore. Con un interesse quasi morboso, guardò Damian sfilarsi i gemelli e arrotolare le maniche della camicia, esponendo gli avambracci segnati e muscolosi. Normalmente, le piaceva stare a guardare quei muscoli – la sua virilità era impressionante – ma adesso la spaventavano. I suoi occhi viola lampeggiarono pericolosamente quando li posò severi su di lei.

Melissa sostenne il suo sguardo mentre lui le si posizionò dietro e le accarezzò con delicatezza il sedere. Sospirò. «È ancora rosso da stamattina», le disse. «Ma ho paura che tra poco peggiorerà. Penso che qualcosa di leggero e scattante andrà bene».

Melissa rabbrividì a quelle parole. Leggero e scattante non suonava per niente bene. Si voltò a guardarlo quando lo vide aprire un armadio al lato della stanza e togliere fuori una piccola e sottile asta di plastica. E quella? Aveva intenzione di colpirla con quella? Non faceva una brutta impressione… Ma i suoi occhi si spalancarono dall'orrore quando agitò vigorosamente l'attrezzo e lo fece diventare una lunga e sottile striscia di plastica che sibilò nell'aria.

«Vuoi colpirmi con quella… cosa?» Sussurrò, terrorizzata. Il sedere le faceva ancora male.

«Sì», confermò lui. «Credo che i terrestri usassero una canna di legno, un tempo. Ma quest'invenzione in plastica è molto più efficace. Causa un bruciore pungente molto più grande di quello procurato dalla canna di legno». La picchiettò sulla sua gamba. «Chinati e poggia le mani sulla sedia. Poi, allarga le gambe».

«Non posso». Rispose, congelandosi sul posto. «Damian, ho paura». La sua voce era poco più di un sussurro quando lo pregò con gli occhi di non farlo. «Per favore, non farmi questo».

«Devo farlo», le rispose con tono severo. «La sottomissione e l'obbedienza non sono fattori negoziabili, qui. Hai catalizzato l'attenzione su di noi con la tua trovata da pazzi di oggi. Mi verranno fatte delle domande, il mio lavoro potrebbe essere messo a rischio. Se la missione verrà compromessa, non solo Zuss continuerà a essere libero di creare devastazione ma tu sarai venduta come schiava e io sarò accusato di tradimento».

«Mi dispiace», disse Melissa tra le lacrime. «Non lo sapevo. Ti prego, non farlo».

«Devo. Per tenerti al sicuro, devo insegnarti l'obbedienza. Ma sarò clemente, considerando quello che hai dovuto affrontare di recente». Mentre parlava, picchiettava l'asta di plastica sulla gamba. «Te ne darò quattro». Le diede un colpetto sulle cosce con la punta dell'asta finché lei non si mise nella giusta posizione: gambe aperte, fondoschiena nudo e sollevato, le sue parti intime in bella mostra.

Ci fu un sibilo. *Crack!* Lo sentì attraversare l'aria molto prima di avvertirlo sulla pelle, poi sobbalzò in piedi e afferrò il sedere con entrambe le mani mentre un calore pungente lo avvolse. Ingoiò un urlo quando si mosse sulle punte dei piedi per cercare di scappare dal dolore intenso e bruciante che avvertiva nella parte posteriore.

Damian poggiò una mano tra le sue scapole e la spinse verso il basso, tenendola lì mentre le assestava il colpo successivo. Le nocche le diventarono bianche quando strinse con forza la sedia in tessuto e pianse a occhi chiusi. Le cosce le tremarono per lo sforzo fatto nel trattenere un urlo.

L'odiosa canna vibrò su di lei ancora due volte, colpendola leggermente al di sotto rispetto alla prima volta, e subito dopo lasciò una striscia di calore pungente. Dalla sua bocca uscì un grido muto; le tremavano le gambe, erano troppo traballanti per riuscire a tenerla in piedi. E invece di attenuarsi, il bruciore sulla pelle infiammata aumentò. Nonostante tutti gli sforzi, iniziò a singhiozzare. Voleva morire. La morte sarebbe stata una benedizione. L'inferno che avvertiva sul fondoschiena crebbe febbrilmente e la fece piangere miseramente e poi, mentre rimase immobile, in qualche modo iniziò a placarsi trasformandosi in una vibrazione pulsante.

Avvicinandosi a lei, Damian colpì il suo sesso con le dita. Un colpo duro e pesante che le bruciò e la lasciò desiderosa. Quelle stesse dita trovarono il suo bocciolo sporgente e lo strinsero, stuzzicandolo, rendendola bramosa di desiderio. Sentì l'umidità tra le gambe crescere mentre le stimolava il clitoride, poi gli diede un colpetto duro con l'indice e schiaffeggiò il suo sesso provocando un tonfo sonoro. Melissa gemette.

«Sei una ragazza davvero disubbidiente», la rimproverò, schiaffeggiandola di nuovo improvvisamente nello stesso punto. La obbligò a sollevare il sedere per permettergli un migliore accesso quando la penetrò ancora una volta con le dita, mentre il pollice continuava a tracciare dei piccoli cerchi attorno al clitoride. La sua mano ne esplorava i punti più reconditi provocandole dei brividi lungo il corpo. Melissa mosse i fianchi seguendo il ritmo dato dalla spinta delle sue dita e gemette di piacere per quella sensazione erotica così coinvolgente. Ma quando si trovò vicina al godimento estremo, Damian tirò fuori le dita, picchiettò sul clitoride e schiaffeggiò il suo sesso parecchie volte con un duro ceffone, facendola piangere dal dolore e impedendo all'orgasmo di travolgerla. Niente poteva donare sollievo a quel bisogno doloroso che sentiva dentro di sé e che la fece gemere. Che cosa le stava facendo?

«Resta lì», le disse con tono severo, mentre lasciava la stanza.

Rimase in quella posizione, ma continuò a muoversi sulle punte dei piedi a causa del dolore che provava nella parte posteriore e alla tensione crudele accumulatasi all'interno delle sue parti intime.

Damian fece ritorno in meno di un minuto. Con una mano teneva un barattolo di lubrificante e con l'altra un dilatatore anale in vetro. Lo vide con la coda dell'occhio e lo guardò in preda al terrore - sembrava enorme! All'improvviso, le vennero in mente Lucas e gli eventi accaduti il giorno prima, quando il medico aveva violato quella piccola fessura e l'aveva schiaffeggiata. E ora, a quanto pareva, stava per essere violato di nuovo.

«No!» sussultò, ma rimase in piedi con le mani che andavano a proteggere il fondoschiena. Damian la rimise in posizione e la tenne giù, ferma.

«Sì, invece», insistette lui. «Il tuo sedere non è più nelle condizioni di essere schiaffeggiato, ma devi essere ancora punita». Dopo aver affondato le dita nella vasellina, la cosparse sulla fessura per lubrificarla a fondo.

«No, ti prego», lo supplicò con voce rotta. «Ti sto implorando, non farmi questo. Farò la brava, te lo prometto!»

«Sono sicuro che lo farai».

Le allargò le natiche con una mano e poggiò il dilatatore sulla piccola fessura, per poi spingerlo con delicatezza. Avvertì, così, lo stesso bruciore cocente che la colpì quando il medico la violò la prima volta.

«Spingi verso il dilatatore», le suggerì piano. «Farà meno male».

Melissa obbedì, spingendo il fianchi indietro, e cercò di rilassarsi mentre quel vetro duro e saldo scivolava lentamente dentro di lei. Quando Damian spinse il dilatatore fino in fondo, il bruciore si attenuò. Avvertì una sensazione di scomodità e pienezza, ma non di dolore. Poi, le diede una pacca leggera sul sedere.

«Brava ragazza», le sussurrò, accarezzandole con delicatezza i capelli. «Puoi tirarti su, ora - mettiti in quell'angolo col sedere in bella mostra per me». Si tolse i pantaloni che si erano ripiegati ai suoi piedi. Con le mani sulle spalle, la condusse dolcemente verso l'angolo del salotto e le fece premere il naso contro il muro. Le prese le mani e gliele poggiò sulla testa. Melissa, obbediente, le tenne lì. Non voleva essere collaborativa; voleva resistergli, lottare contro quella punizione ma il suo sedere le faceva troppo male a causa degli schiaffi che le aveva dato e, sicuramente, non voleva costringerlo a tirare di nuovo fuori quell'asta di plastica. Così restò lì, a disagio, mentre si ritrovava con un abominio nel sedere che la fece arrabbiare. Una lacrima solitaria le scivolò lungo la guancia, mentre se ne stava nell'angolo con il naso schiacciato contro il muro e il fondoschiena nudo in bella mostra. Anche se lui le aveva negato l'orgasmo, Melissa continuava a sentire un caldo desiderio all'altezza del basso ventre che la lasciò totalmente avvilita, sconfitta.

Passarono diversi minuti. Alla fine, Damian si alzò dalla sedia e si mise dietro di lei, tracciando delicatamente con i polpastrelli le irritazioni sul sedere. Girò e tirò il dilatatore, rimuovendolo lentamente mentre strofinava la sua bocca calda sulla parte posteriore del suo collo, provocandole un fremito. Diversi brividi le percorsero la schiena quando gettò il dilatatore e soffiò aria calda sulla clavicola.

«Vieni», le disse, prendendole la mano. La condusse verso la camera e la fece chinare sul bordo del letto con le ginocchia piegate e il viso premuto sulla coperta. Strinse con i pugni il tessuto quando Damian le diede un colpetto contro l'interno coscia con le dita, allargandole le gambe. Poi, lo guardò abbassarsi i pantaloni. L'enorme erezione si liberò nel momento in cui li gettò sul pavimento. Prese l'asta con la mano e percorse l'intera lunghezza con le dita. Il barattolo del lubrificante, aperto, era poggiato sul tavolo vicino al letto e Melissa, eccitata, osservò

Damian ricoprire la punta del suo uccello con quella sostanza oleosa.

Dopo averle afferrato i fianchi, la penetrò dietro con forza, ignorandola completamente quando si mise a gridare. L'attirò a sé per assecondare le sue spinte mentre continuava a scoparla senza pietà. Il suo membro affondava in profondità, avvolgendola però in una spirale di piacere. Allungandosi di fronte a lei, le sfiorò il clitoride con tocco esperto. Uno sfioramento appena accennato che la fece bagnare. Gemette di piacere mentre si spingeva contro le sue dita.

«Non venire», l'avvertì. «Non ti è permesso farlo. Ti darò altre sferzate con la canna in plastica se lo fai». La sua voce arrocchita dall'eccitazione fece eccitare Melissa più di quanto lo avesse fatto il suo semplice tocco e quella minaccia non fece nulla per ridurre il piacere che provava o per dare sollievo al bisogno doloroso che sentiva dentro. Respirava affannosamente, il suo cuore stava battendo all'impazzata, i seni erano tesi e doloranti. Aveva bisogno di lui.

Damian continuò a scoparla da dietro, mentre le sue cosce colpivano le parti infiammate del suo fondoschiena. Quella scopata anale, così dura, non le lasciò alcun dubbio sul fatto che si trattasse di una punizione e Damian la stava usando non per dare piacere a lei ma a sé stesso. La teneva ferma in quella posizione.

Poco dopo, uscì con violenza e riversò il suo seme caldo sul suo fondoschiena, cospargendo l'intero corpo. Dopo aver finito, si posizionò di nuovo davanti al suo sesso per affondare con un colpo secco. Non fu gentile nemmeno quando strofinò quella sostanza viscida sul suo sedere gonfio e in fiamme. Le fece male.

«Mia», le sussurrò in modo possessivo, mordendole l'orecchio. L'attirò a sé, le irritazioni sul sedere bruciarono quando andarono a scontrarsi con le sue cosce. «Mia».

Era ancora dannatamente eccitata e tormentata da un bisogno doloroso quando lui lavò entrambi in quell'incredibile doccia. E nel momento in cui le lavò con delicatezza la parte interna delle gambe, lei strofinò il clitoride contro la sua mano, ma Damian le schiaffeggiò la coscia. Sulla pelle bagnata bruciò ancora di più e Melissa si mise di nuovo a piangere.

«No!» La rimproverò. «Non puoi venire. Sei una ragazza indisciplinata e che è stata punita. E le ragazze disubbidienti non devono raggiungere l'orgasmo».

Era troppo per lei. Il suo sesso continuava a pulsare a causa del desiderio insoddisfatto; stava male, aveva nostalgia di casa, era triste e si sentiva in difficoltà. Scoppiò in lacrime e, poi, iniziò a singhiozzare. Seppellì il viso tra le mani e pianse amaramente. Voleva solo svegliarsi da quel brutto sogno e ritrovarsi seduta nel suo appartamento, sulla Terra, a mangiare i maccheroni al formaggio appena riscaldati. Prima che la polizia militare bussasse alla porta, strappandola da quella che era la sua vita, era felice di ignorare l'imminente apocalisse. Le sue gambe erano come gelatina e si afflosciò sulle ginocchia, appoggiando la testa sul pavimento di piastrelle della doccia. L'acqua calda la bagnava, formando dei ruscelletti sul suo fondoschiena. Normalmente, avrebbe trovato confortante l'acqua calda perché le avrebbe dato un po' di sollievo. Ma non adesso. Era troppo triste per provare quella sensazione; stava troppo male per distrarsi.

«Voglio andare a casa», balbettò tra le lacrime. Le sue parole erano quasi incomprensibili. Ma Damian capì e si sedette sul pavimento vicino a lei per aiutarla ad alzarsi e prenderla tra le braccia.

«Stai lontano da me!» Lo aggredì, solo che non uscì come un ringhio ma come un insieme di suoni acuti, un colpo di tosse e uno sbuffo che non aveva alcun senso.

«Questa è la tua casa», le sussurrò Damian in modo da calmarla. «Prenditi il tuo tempo, ti prometto che ti piacerà. Quando avrai imparato a obbedire, quando avrai capito qual è il tuo posto, quando accetterai che le donne, qui, vengono trattate diversamente, sarai felice. Ne sono sicuro». Melissa cercò di calmarsi mentre lui le accarezzava la schiena, facendo scorrere le dita su e giù su entrambi i lati.

«Mi dispiace di averti lasciata da sola il tuo primo giorno. Non avrei dovuto farlo», ammise con calma. «Avrei dovuto passare la giornata con te, mostrarti il posto, aiutarti a trovare qualcosa che riempisse le tue giornate. Anche per me queste cose da marito sono nuove».

Melissa si sedette e lo guardò negli occhi. «Sarebbe stato carino, da parte tua, ma voglio comunque andare a casa. Mi manca la mia famiglia.

Mi mancano i miei amici. Mi manca il mio lavoro. Mi manca persino il mio appartamento!»

Damian le baciò la fronte con delicatezza. «Mi dispiace che sia stata strappata da tutto ciò che conoscevi. Ma non è stata opera mia e non posso rimandarti indietro. La tua gente ti stava inviando su Europa – saresti stata comunque lontana dalla tua famiglia e dai tuoi amici quindi, anche se potessi rimandarti indietro - cosa che non posso fare - la situazione non migliorerebbe. Qui, puoi vivere una vita piena. So che è diversa da quella che hai vissuto sulla Terra, ma Mojaz è un bel posto». La baciò di nuovo con le sue labbra calde e irresistibili, poi l'avvicinò a sé e l'abbracciò in modo possessivo. «Datti una possibilità, Mel».

Rovesciò la testa all'indietro sotto il getto in modo che l'acqua potesse lavare via le lacrime e rinfrescarle il viso. La tenne lì e si godette la sensazione degli aghetti d'acqua che la pungevano.

«Mi manca tantissimo la mia famiglia», disse tra i singhiozzi, mentre altre lacrime caddero. «Voglio solo andare a casa!»

«Mi dispiace, Mel», le sussurrò, sfiorandole delicatamente la guancia col suo pollice ruvido. «Non posso riportarti a casa, ma posso aiutarti col dolore che stai provando».

«Aiutami», sussurrò lei.

Immediatamente, Melissa vide gli occhi viola di Damian risplendere come il neon e avvertì la luce luminosa infonderle la mente. Si sentì confusa, vide l'oscurità e poi fu avvolta da una calma serena. Fu un'esperienza strana ma piacevole e quando tornò di nuovo in sé, la tensione aveva abbandonato il suo corpo. Si sentì tranquilla e rilassata. Aprì gli occhi e lo vide che stava davanti a lei e che le sorrideva con un'espressione piena di amore e gentilezza. Si alzò e la pelle del fondoschiena le tirò talmente tanto che si ricordò della punizione che suo marito le aveva inflitto. Si sentiva ancora confusa. Come poteva un uomo essere così gentile e amorevole e, ancora, essere così senza pietà nell'applicare i suoi metodi correttivi? Non aveva senso.

«Il tuo sedere ti fa ancora male, vero?» Damian allungò il braccio per accarezzarne la parte posteriore con la mano, ma quel tocco leggero la fece trasalire.

«Sì», annuì.

«Una volta fuori, sistemerò tutto io. Sono stato troppo duro con te, per essere la prima volta; non sei abituata alle nostre usanze. Sarò più tollerante e, in cambio, ti sforzerai di essere obbediente. Ok?»

Melissa annuì con vigore. Ovviamente, l'obbedienza non era una cosa che le veniva naturale e non aveva nessuna intenzione di essere più obbediente di quello che doveva essere solo per salvarsi la pelle, ma il fondoschiena le faceva davvero male e l'unguento lenitivo di Damian sarebbe stato un toccasana.

«Sì», ribatté. La sua risposta sussurrata era talmente debole da essere appena percettibile.

CAPITOLO SEI

I tacchi del primo ministro riecheggiarono nitidamente sul pavimento in ardesia mentre si dirigeva nuovamente di fretta verso gli uffici del capo della sicurezza. Sembrava non facesse altro che essere in ritardo, in quei giorni; c'era molto da organizzare e tanto da fare. Salvare il mondo da un destino tragico e imminente era più complicato del previsto. Certo, non avrebbe mai pensato all'eventualità che un asteroide li avrebbe distrutti, prima di fare il lavoro d'ufficio; le sue uniche preoccupazioni erano state il mantenimento della pace con le nazioni poco inclini a collaborare e un'economia solida. Adesso, quelle faccende sembravano irrilevanti di fronte allo scontro finale.

I bunker sotterranei erano pronti. Erano abbastanza grandi da poter contenere metà della popolazione della capitale, con altrettante provviste da mantenerli in salute per molto tempo. Non aveva ancora idea di come stabilire quale parte della popolazione avrebbe avuto accesso alle stanze segrete e chi avrebbe dovuto tentare la sorte in superficie; forse, il capo della sicurezza aveva idea di cosa fare.

Spinse per aprire la porta, superò la targhetta dorata del capo della sicurezza ed entrò senza preoccuparsi di bussare.

«Il missile è pronto, signore», annunciò il vicecapo prima che il primo ministro chiudesse la porta alle sue spalle. «La squadra ha dato gli ultimi ritocchi questa mattina. L'analista informatico sta programmando ora la sua traiettoria e c'è un'altra squadra pronta a premere il pulsante non appena verrà dato l'ordine. L'asteroide è ancora troppo lontano affinché la nostra missione abbia successo e, come ben sa, abbiamo una sola possibilità. A questo punto, è meglio mettere in sicurezza la popolazione all'interno dei bunker sotterranei dato che avremo ore, se non minuti, per scappare nel caso in cui il missile non abbia successo».

Il primo ministro annuì bruscamente a quella notizia, chiaramente impressionato dagli enormi progressi fatti dalla sua squadra.

* * *

Melissa aveva solo un paio di vestiti e li indossò in fretta, poi si sedette di nuovo a guardare Damian rivestirsi. Era in tutto e per tutto un chiaro simbolo di virilità e il desiderio si fece largo in lei quando vide i muscoli incresparsi lungo il suo corpo possente, mentre si muoveva con leggiadra disinvoltura nella camera da letto. Sebbene fosse grosso, camminava con passo leggero, come se fosse un ballerino. Sapeva che lo stava guardando; Damian ricambiò lo sguardo da sopra le spalle e le fece un occhiolino malizioso, passandosi una mano sui capelli corti. Nel momento in cui si fletté, gli si gonfiò il bicipite prima di infilarsi la maglietta nera che aveva gettato per terra poco prima. Si allacciò la cravatta argentata con una precisione esperta, le sue dita abili si mossero così velocemente che Melissa non capì cosa stesse facendo. Non aveva mai visto un uomo stare così bene in abito. Indossò pantaloni argentati, stavolta, a cui abbinare la cravatta senza preoccuparsi di indossare la giacca.

«Vieni». Si sedette sul bordo del letto e le tese la mano per invitarla a fare lo stesso. Melissa si inginocchiò davanti a lui con obbedienza, ricordandosi della promessa di doverci almeno provare ad essere ubbidiente. Il sedere non le faceva più male; il gel aveva compiuto un lavoro miracoloso ed era grata di essere, per ora, libera dal dolore. Lo avrebbe provato di nuovo e presto, ne era sicura; non era abituata a far prendere agli altri le decisioni al posto suo. Rimase ferma mentre le goffe dita di Damian le massaggiavano la testa ed espirò soddisfatta quando i brividi le percorsero la schiena. Le liberò le lunghe ciocche dai grovigli con una strana spazzola priva di setole che si librava sulla sua testa senza toccarle i riccioli, prima di sistemarglieli in una fitta treccia. Infine, si chinò sulle sue ginocchia totalmente rilassata.

* * *

Damian amava già sua moglie. Lei era così impetuosa, così coraggiosa, così diversa dalle donne che aveva incontrato fino ad allora. Guadagnare la sua sottomissione era una sfida che lo divertiva molto, anche se certamente non gli piaceva punirla in quel modo così ingiusto. Melissa cercò disperatamente di nascondere il suo lato più vulnerabile, ma fu proprio quella vulnerabilità ad attrarre la sua natura protettiva. Era quella delicatezza a far sì che lui la viziasse e il sorriso che le illuminava il viso lo invogliava a darle tutto ciò che voleva solo per vederla sorridere di nuovo. Le sue curve morbide erano così perfette sotto la sua mano quando la poggiò con leggerezza sulla schiena mentre le mostrava Mojaz. Aveva l'altezza giusta – la testa gli arrivava appena sotto le spalle, in questo modo poteva rannicchiarsi nell'incavo del suo collo.

Presero un taxi per raggiungere il centro commerciale principale e Melissa rimase sbalordita dai veicoli auto pilotati. Damian dovette nascondere una risata quando la vide eccitarsi per via di tutti quei distributori automatici di vestiti allineati da una parte, poi dovette nascondere la noia nel momento in cui si mise di fronte allo schermo per ordinare un intero guardaroba nuovo. Fece scorrere la tendina del camerino quando si spogliò davanti all'occhio elettronico per lasciare che le prendesse le misure con il laser rosso per poi sbirciare attraverso la fessura e guardare il suo corpo. Era bellissima, senza ombra di dubbio. La guardò con occhi lascivi, il suo membro si stava indurendo alla sola vista. Era felice che il gel miracoloso avesse fatto un buon lavoro e che il suo sedere, ormai, fosse completamente privo di segni nonostante le sculacciate che le aveva dato in precedenza. Voleva che fosse felice, quel pomeriggio, non che stesse male.

«Hai finito?» Le domandò, sorridendo di fronte alla felicità di sua moglie mentre questa lasciava l'area riservata ai vestiti. Le braccia erano appesantite da buste piene di indumenti nuovi. Trascorsero il resto della giornata a visitare Mojaz come se fossero dei turisti e a Damian fece piacere mostrarle i luoghi che preferiva. Era un buon posto dove vivere – sapeva che Mel sarebbe stata bene col passare del tempo.

Non ci furono proteste quando arrivò il momento di condividere il letto, quella notte; infatti, si accoccolò felicemente tra le sue braccia, come se desiderasse il conforto e la sicurezza che solo il corpo di suo marito poteva offrirle. I loro corpi combaciavano alla perfezione, insieme, e Melissa si sentì nel posto giusto tra le sue braccia. Non solo buono, non solo perfetto ma *giusto*. Come se appartenesse a quel luogo. Come se fossero fatti l'uno per l'altra. Con delicatezza le baciò la guancia e sorrise tra sé e sé con soddisfazione quando vide comparire, nell'angolo della sua bocca, un piccolo sorriso. Insieme, dopotutto, sarebbero stati felici.

* * *

«Il Capitano Zyer, il mio capo, vuole vederti nel suo ufficio a mezzogiorno», le disse Damian riagganciando il telefono. «Abbiamo bisogno di un nuovo esperto informatico e tu lo sei».

«E se non volessi esserlo?»

«Ho paura che non abbia scelta», insistette lui. «Questo è il ruolo che ti è stato assegnato; non hai altra scelta, devi farlo. Le cose, qui, funzionano in questo modo».

«E se rifiutassi?»

«Il rifiuto non è un'opzione».

Melissa sospirò. «Presumo mi darà qualcosa da fare».

Lui annuì prima di chinarsi a baciarla. «Bene».

«Verrò con te, ma non ho ancora deciso se li aiuterò o no. Non devo niente a queste persone», dichiarò con veemenza.

Damian sollevò appena il sopracciglio in segno di silenzioso avvertimento.

I computer nell'ufficio del Capitano Zyer erano completamente diversi da quello che Damian aveva a casa. Questi erano eleganti e moderni, di gran lunga superiori ai computer della Terra, ed erano dotati di software che non aveva immaginato esistessero, né tanto meno usato.

«Questo è Euan». Il capitano le presentò un uomo di mezza età, con i capelli corti e brizzolati. Aveva dei baffi sottili che si estendevano per tutta la lunghezza delle labbra e che gli davano un aspetto arcigno, ma i suoi vivaci occhi verdi erano buoni. Non c'era niente, in lui, che potesse essere definito bello – non era come Damian – ma quando si sedette accanto a lei e sorrise, la mise subito a suo agio. Dopo aver passato un'ora e mezza ad armeggiare con i computer sotto lo sguardo attento di Euan, Melissa pensò di aver bene o male intuito come funzionassero.

«Ok, cosa volete che faccia?» Domandò, fiduciosa nella sua capacità di fare qualsiasi cosa le avrebbero chiesto. Non che ne fosse felice – non lo era per niente. Incolpava i superiori di Damian di averla rapita e voleva solo andare a casa. Non aveva alcun desiderio di aiutarli nei loro piani. Ma se il compito che avevano per lei fosse stato interessante, avrebbe anche potuto prenderlo in considerazione.

L'uomo le allungò una catasta di fogli con caratteri piccoli e dattiloscritti. «Esaminali. Alcuni sono collegati ai computer governativi, altri sono relativi ai computer militari e altri ancora ai fuorilegge come Zuss. Hackera i sistemi informatici necessari e rispondi alle domande scritte sul foglio riguardanti ogni sistema».

«Non lavorerò per voi come hacker».

Lui la gelò con lo sguardo. Ovviamente, non era abituato a essere contraddetto. Specialmente da una donna. Era un'occhiataccia feroce, la sua, che avrebbe intimidito qualunque donna meno importante ma Melissa non ne fu minimamente turbata. Gli restituì l'occhiata, completamente incurante del fatto che la stesse fulminando con lo sguardo.

«Non lo farò», insistette. Si alzò per lasciare la stanza ma Euan le impedì di andare oltre.

«Capitano Zyer!» Urlò. La sua voce tuonò in tutta la stanza.

Il capitano arrivò immediatamente. «Qual è il problema?»

Melissa incrociò le braccia sul petto e sporse il mento, mostrando la sua espressione più determinata. Era terrorizzata dal capitano, ma non era nemmeno incline a collaborare con lui. Una cosa era aiutarli a fermare il Comandante Zuss, un'altra cosa era entrare nei computer di tutta la galassia e hackerarli. E a meno che non la convincessero del fatto che ci fosse una buona ragione per farle fare ciò che le avevano chiesto, avrebbe continuato a rifiutare.

«Non vuole fare il suo lavoro», si lamentò Euan.

Il capitano la guardò con curiosità, sollevando il sopracciglio.

«Non posso fare quello che mi chiede, signore, non è etico», spiegò.

«Non è etico?» Ringhiò lui. «Io ti dirò cosa non è etico, ragazzina! Disobbedire, ecco cosa! Ora mettiti al lavoro!»

Melissa scosse la testa. «Senta, l'hackeraggio va contro ogni principio in cui credo. Io costruisco software di protezione per tenere fuori gli hacker – non mi introduco con la forza nei computer degli altri».

La faccia del capitano era diventata rossa dalla rabbia e sembrava stesse per esplodere. Si alzò in piedi e la gelò con lo sguardo, inchiodandola sul posto. Teneva i pugni stretti ai lati del corpo. Ma Melissa non indietreggiò.

«Invece farai quello che ti è stato detto!» Sbottò.

Melissa scosse di nuovo la testa. «No, non lo farò. Non vi devo niente – mi avete rapita e portata qui contro la mia volontà! Non andrò contro ciò in cui credo; contro ogni cosa per la quale ho lavorato, a meno che non mi diate una buona ragione per farlo».

«Senti, noi facciamo parte della polizia intergalattica che si occupa di arrestare i fuorilegge. Le tue abilità possono aiutarci a farlo. E se vuoi più di una buona ragione, fallo per salvarti il culo. Letteralmente».

Con grande sforzo, Melissa nascose la sua paura e scrollò le spalle. «Non è abbastanza, mi dispiace».

Con un ultimo sguardo feroce, destinato a spaventarla ancora di più, il capitano si precipitò fuori dalla stanza, imprecando, e sbatté la porta dietro di sé talmente forte che questa si ruppe e rimbalzò sul muro.

Euan restò lì a osservarla incredulo, chiaramente incapace di registrare la portata della sua audacia. «Nessuno disobbedisce al capitano», sussurrò lui, sbalordito.

«Mi avete portato via dalla Terra, strappata all'unica vita che conoscevo, portata via dalla mia famiglia e dai miei amici e adesso davvero vi aspettate che io vi aiuti?» La voce di Melissa raggiuse picchi acuti man mano che le sue emozioni si facevano sentire. «Il minimo che possiate fare è dirmi perché volete che faccia questa roba!». L'uomo scosse la testa mentre l'esasperazione si dipingeva sul suo volto. «Ma sono informazioni confidenziali!» Esclamò. «Il capitano non può dirti a cosa servono – oltretutto nessuno lo sa! Noi facciamo solo il nostro lavoro e non facciamo domande. Ecco come funziona».

«Beh, non è il modo in cui lavoro io», disse Melissa con voce ferma. «Se non mi riporterete sulla Terra, almeno ditemi che cosa sapete», propose, regalando a Euan il suo sorriso più dolce e malizioso.

«Non tanto», replicò lui, scuotendo la testa. «Ti ho detto che sono informazioni riservate. Nessuno ne sa più di tanto. Siamo una forza di polizia intergalattica, il nostro lavoro è top secret. Noi consegniamo i reietti e i fuorilegge alla giustizia. So che, ottenendo queste informazioni, il lavoro di tuo marito sarà più facile».

«Che cos'ha a che fare, Damian, con tutto questo?»

«È sotto copertura», le disse lui. «Mentre finge di lavorare per Zuss, raccoglie informazioni e le trasmette a noi, così possiamo aprire un caso contro di lui, catturarlo e consegnarlo alla giustizia».

«Non voglio aiutarvi», rispose, mettendo il broncio.

«Io credo che scoprirai presto di non avere altra scelta».

«Melissa!» Immediatamente sobbalzò quando la porta si aprì. Il capitano e un altro uomo – un uomo alto, con le spalle enormi e la struttura particolarmente massiccia – se ne stavano lì, a lanciarle un'occhiata gelida mentre l'altro, accigliato, teneva in mano una piccola paletta di legno. Era stato il capitano a parlare e non era meno arrabbiato di quanto non lo fosse prima di lasciare la stanza. «Puniscila!» Gli ordinò.

Melissa indietreggiò dalla paura. «Non potete farlo», sussurrò.

«Invece sì», la corresse quell'uomo. «Nella maggioranza dei casi, solo il marito è autorizzato a punire la moglie ma io sono un disciplinatore del governo e questa regola, nel mio caso, non vale».

Melissa scosse la testa. «Non è questo ciò che intendevo dire», ribatté più decisa. «Non potete punirmi a causa di quello in cui credo!»

«Non importa ciò in cui credi», la interruppe il capitano. «Ti è stato chiesto di fare una cosa e hai rifiutato. Una disobbedienza così sfacciata verrà punita duramente». L'uomo si chinò sulla sedia del computer sulla quale era seduta Melissa e la fece ruotare per poter osservare la situazione da vicino. Persino Euan guardò con interesse. Melissa fu percorsa da un fremito.

«Aspetti!» Disse in lacrime. «Almeno mi dica perché lo vuole sapere e lo farò!» Lo pregò.

Il capitano le lanciò un'occhiataccia. «No».

«Allora non lo farò!» Urlò lei. «Non può obbligarmi!»

L'occhiataccia del capitano si fece più minacciosa e, con un gesto silenzioso, ordinò al disciplinatore di costringerla a obbedire.

Estrasse una sedia dalla pila accatastata contro il muro e la posizionò con cura al centro della stanza. Fece un cenno a Melissa ma lei non riusciva a muoversi; i suoi piedi erano incollati al pavimento e le gambe sembravano fatte di gelatina. Una parte di lei voleva obbedire alle richieste del capitano, ovvero hackerare i computer come le era stato richiesto, ma l'altra parte si rifiutava semplicemente di farlo. Il disciplinatore le si avvicinò e le strinse il braccio con una mano, tirandola verso di sé. Melissa trascinò i piedi per resistergli ma era troppo forte per lei e scivolò sul pavimento verso di lui.

«Abbassati i pantaloni». L'ordine fu delicato ma fermo, pronunciato con un tono che non ammetteva disobbedienza.

Con le dita tremanti, iniziò ad armeggiare col bottone fino a farli scivolare insieme alle mutandine lungo i fianchi. Quando si ritrovò col fondoschiena completamente nudo, il disciplinatore le prese i polsi e la tirò a sé con delicatezza, poggiandola sulle cosce. Consapevole di avere gli occhi di quegli uomini fissi su di lei, Melissa voleva coprirsi e proteggere la sua nudità, ma non ci riuscì perché lui la mise in una posizione che le impedì di farlo: il sedere in alto poggiato sulla sua coscia sinistra, le gambe intrappolate sotto le sue, le dita ben piantate sul pavimento e la mano di lui poggiata sulle sue spalle per tenerla ferma mentre era impegnata a combatterlo. Il suo tocco era delicato ma lei non si lasciò ingannare nemmeno per un secondo. Sapeva che, tra poco, non sarebbe stato più così gentile dato che la picchiò per la sua disobbedienza.

Sussultò e strinse i denti per il dolore quando il primo colpo di paletta la investì con violenza, proprio sulla parte più ampia delle natiche, come un bruciore lancinante che sapeva sarebbe diventato ancora più intenso. Quel legno duro le bruciò molto di più di quello che si aspettava e dal momento in cui vibrò il secondo, il terzo e il quarto colpo dovette lottare per ricacciare indietro le lacrime.

Essere schiaffeggiata dal disciplinatore fu peggio che essere sculacciata da Damian. In qualche maniera, era così sbagliato ritrovarsi sulle ginocchia di un uomo che non era suo marito, con le parti basse in bella mostra e davanti agli occhi degli altri uomini presenti in quella stanza. Il disciplinatore non si curò di lei come fece Damian – lui era lì esclusivamente per fare il suo lavoro, per costringerla ad assecondarlo; un'obbedienza a cui di certo non intendeva sottostare.

Si rifiutò di dargli la soddisfazione di sentirla piangere e ogni volta che la paletta la colpiva, stringeva denti e pugni e costringeva l'urlo a non lasciare il suo corpo. Chiuse gli occhi con forza ma le lacrime, nonostante tutto, fuoriuscirono e il suo corpo tremò per lo sforzo dato dal tentativo di trattenerle. E diventò ancora più difficile man mano che i colpi si susseguivano. Il sedere le bruciava come una fiamma ardente e il disciplinatore stava dando vita a un dolore insopportabile che sapeva avrebbe avvertito per giorni. La sculacciò lentamente, lasciando che il fuoco percepito su una natica diventasse più potente prima di sculacciare l'altra. Il corpo di Melissa si incurvava ad ogni colpo, ma con uno sforzo imponente riuscì a tenere le gambe chiuse, consapevole di avere un pubblico di fronte.

Dalle sue labbra uscì un lamento quando un altro colpo vibrò sulla parte posteriore delle cosce, provocando un bruciore ardente. Non avrebbe potuto sopportare oltre. Per quanto ancora l'avrebbe sculacciata?

Sollevò lo sguardo quando sentì sbattere la porta, ma non fu capace di vedere a causa delle lacrime. Lottò per tirarsi su, per non permettere a nessun altro di vederla in quello stato, ma il disciplinatore la tenne ferma e fece vibrare la paletta contro l'altra coscia. Dimenticandosi del proposito di restare impassibile, urlò dal dolore.

«Lasciala andare». Era Damian. La sua voce bassa risuonò dura, un'evidente sfida a giudicare dal profondo rombo baritonale che la avvolse.

Il disciplinatore lo ignorò e percosse Melissa con la paletta ancora una volta, cogliendola di sorpresa sul sedere. La forza del colpo la spinse in avanti.

«Ho detto di lasciarla andare!» Stavolta la sua voce risuonò come un ringhio minaccioso che fece esitare l'uomo.

«Falla alzare», disse il capitano, «ne ha ricevute abbastanza».

«Ne ha ricevuto più che abbastanza!» Ringhiò Damian, aiutandola ad alzarsi. La prese tra le braccia per permetterle di poggiare la testa sul suo petto. Tremava così tanto che le sue gambe non riuscivano a sostenerla ma non gli importava. La tenne stretta a sé. «La guardi!»

Al sicuro tra le sue braccia, Melissa non fu più capace di trattenere le lacrime e una marea di singhiozzi le esplose dentro. «Adesso andrà bene. Ci sono io qui con te. Non gli permetterò più di farti del male». Tremò mentre pianse sulla sua maglietta; il bruciore sulla pelle del suo fondoschiena era talmente intenso da travolgerla completamente. Grazie al conforto di Damian, i suoi singhiozzi si attenuarono lentamente fino a trasformarsi in un rantolo.

«Mi dispiace di non essere arrivato in tempo», le sussurrò.

«Come facevi a saperlo?» Gli domandò. Le parole si mescolarono ai singhiozzi e a malapena diedero un senso alla frase. Ma Damian comprese.

«Ho sentito il tuo dolore».

«Che cosa? Fisicamente?» Era confusa.

«No. Emotivamente. Nella tua testa».

«Puoi leggere nella mia mente?» Melissa indietreggiò, terrorizzata da quella notizia.

Damian sorrise. «No. Ma riesco a percepire le tue emozioni».

«Oh». Si accoccolò di nuovo a lui perché bramava quel conforto.

«Non avevate nessun diritto di farlo!» Li aggredì, congelandoli sul posto con lo sguardo.

«Ne avevo ogni diritto!»

«È un disciplinatore del governo», ribatté il capitano. «Il suo lavoro è quello di punire le donne che si oppongono, rimetterle al loro posto e guadagnarne l'obbedienza».

«Perché non sono stato chiamato?» Chiese Damian. La sua voce somigliava a un ringhio basso, colmo di rabbia.

«Hai fallito nel tuo ruolo di marito – non le hai insegnato a obbedire», gli rispose Zyer compiaciuto. «Di conseguenza, ho pensato che fosse meglio lasciar fare al disciplinatore. Non ho dubbi sul fatto che i metodi utilizzati abbiano avuto successo, che Melissa cambierà idea e che sarà felice di eseguire gli ordini».

Con la coda dell'occhio, ma con la vista ancora sfocata per le lacrime, notò il disciplinatore fare un sorrisetto. Damian rafforzò la presa su Melissa quando lei scosse la testa contro il suo petto in segno di rifiuto.

«Perché non hai eseguito gli ordini?» Le chiese direttamente. La sua voce sembrava quasi un sussurro.

Melissa sollevò lo sguardo. «Perché mi hanno catturata!» Rispose in lacrime. «Mi hanno catturata e portata qui, adesso vogliono costringermi a fare qualcosa che va contro quello in cui credo e non vogliono dirmi il perché!» Presa dalla frustrazione, batté i pugni contro il suo petto ma lui le serrò i polsi in una mano e la tenne ferma mentre le accarezzava la schiena con l'altra mano. «Ho costruito la mia carriera tenendo gli hacker fuori dai sistemi, non introducendomi in essi! Quello che mi stanno chiedendo di fare va contro la mia natura!»

«Ascoltami». Damian le inclinò il viso in modo che potesse guardarlo, che potesse incontrare il suo sguardo color porpora. «Anche se le nostre leggi e le nostre usanze sono diverse da quelle sulla Terra, noi siamo i buoni. Sai che sono un agente sotto copertura. Mi sono infiltrato fra le truppe di Zuss, stiamo lavorando per consegnare lui e gli altri fuorilegge alla giustizia. Le persone in questa stanza non sono responsabili dell'intercettamento della navicella sulla quale ti trovavi. Con il tuo aiuto, saremo in grado di consegnarlo rapidamente alla giustizia e liberare i prigionieri che tiene con sé sulla nave. Ma senza il tuo aiuto, potrebbe essere necessario molto più tempo per fermarlo e, per quel momento, le persone con le quali stavi viaggiando verso Europa saranno già sparite e per noi sarà impossibile recuperarle».

Melissa ricacciò indietro le lacrime e appoggiò ancora una volta la guancia contro il petto di Damian. Poté avvertire il battito del suo cuore; lo sentì battere forte e veloce e capì che era il battito di un uomo preoccupato. «Ok», sussurrò lei.

Allora la baciò sulla fronte e le sue calde labbra le provocarono dei brividi infuocati. «Ti ringrazio».

«Bene, sembra che il mio ruolo, qui, sia finito. Per ora». Il disciplinatore enfatizzò apposta le ultime due parole, rivolgendosi direttamente a lei. «Ma se disobbedisci un'altra volta, farò ritorno senza alcun dubbio».

Dopo che l'uomo lasciò la stanza, il sorriso comprensivo e gentile di Euan la mise di nuovo a suo agio. Non accennò alle botte alle quali aveva assistito e, stranamente, Melissa non si sentì in imbarazzo. Aveva provato vergogna in quel determinato momento, ma adesso era troppo indolenzita per preoccuparsene.

Troppo indolenzita per sedersi, si mise in ginocchio sul pavimento di fronte al computer e iniziò a sfogliare la pila di fogli poggiata sulla scrivania. Erano davvero troppi. L'avrebbero tenuta occupata per giorni e, a primo impatto, non aveva idea di come quelle informazioni potessero essere perfino utili. Per lo più, si stava occupando di bypassare le funzioni di sicurezza per inserirsi all'interno dei computer, disabilitando i firewalls e inviando il sistema vulnerabile, nella sua forma più ampia, agli analisti che si trovavano nell'ufficio accanto. Euan non parlò quando Melissa si mise al lavoro, nonostante la sua riluttanza, ma lei sapeva bene che stava osservando ogni sua singola mossa. Non aveva alcun dubbio sul fatto che l'avrebbe denunciata di nuovo per insubordinazione se non avesse almeno fatto finta di lavorare. Così, riprese lentamente a scorrere quei fogli.

Ottenere le informazioni che il capitano aveva richiesto senza lasciare alcuna traccia delle sue intrusioni non era facile. Aggirare i vari firewalls richiedeva molto tempo e poiché i diversi pianeti erano in possesso di una tecnologia di protezione che non aveva mai incontrato prima, farlo richiese l'impiego di tutte le sue abilità. Ma, pian piano, riuscì a farsi strada nel mucchio, scacciando i pensieri su Damian che cercavano di prendere il sopravvento nella sua testa. Come riusciva a percepire le sue emozioni? Il suo legame con lei era davvero così forte? O aveva solamente dei poteri alieni che lei non riusciva nemmeno a immaginare? Ricordò quanto si sentì al sicuro quando la prese tra le sue braccia dopo averla salvata dalle grinfie del disciplinatore. Per quanto ancora avrebbe continuato a schiaffeggiarla se lui non fosse entrato da quella porta? Rabbrividì al pensiero. Si era sentita così bene quando Damian l'aveva abbracciata. Quando si era trovata tra le sue braccia, ogni cosa aveva smesso di esistere. Tutto quello che aveva avuto importanza erano stati il battito del suo cuore nel momento in cui aveva posato la guancia contro il suo petto; la forza delle braccia che l'avevano tenuta stretta e il modo in cui l'aveva fatta sentire.

* * *

Il giorno successivo si sentiva ancora amareggiata, risentita. Era ancora troppo indolenzita quando si sedette in ginocchio sul pavimento dell'ufficio nel tentativo di sfondare un programma di protezione particolarmente impegnativo. Stavolta, si trattava di una navicella di fuorilegge e il Capitano Zyer voleva che Melissa si introducesse al suo interno. Ma, invece di inviare semplicemente il sistema vulnerabile agli analisti, dovette introdursi nel sistema operativo e deviare la rotta della navicella spendendo direttamente i criminali nelle mani della polizia intergalattica. Era chiaramente una sfida – questi fuorilegge erano intelligenti e possedevano degli ottimi sistemi di sicurezza – ma Melissa adorava le sfide. Impiegò buona parte del pomeriggio a cercare di introdursi nelle operazioni della navicella e a riprogrammarne la traiettoria di volo e quando finalmente ci riuscì, si sedette col sorriso sulle labbra. Ce l'aveva fatta!

«Sì!» Esultò, sollevando il pugno in aria in segno di vittoria.

Euan si voltò a guardarla, il sorriso gli illuminava il viso. «È una bella sensazione, vero? Aiutare a catturare i cattivi, intendo».

Melissa annuì con la testa, ancora sorridente. Aveva ragione – era soddisfacente sapere che, di lì a poco, un'intera navicella di banditi sarebbe stata arrestata. Si alzò e si sgranchì le gambe. *Era* una bella sensazione, proprio bella. Aveva, forse, trovato la sua reale vocazione su Mojaz?

* * *

Damian la stava aspettando fuori dall'edificio. Quando Melissa concluse il suo lavoro, la prese per mano.

«Pensavo di andare a fare una passeggiata nel bosco», le suggerì. «C'è una cosa che voglio mostrarti».

Mentre proseguivano lungo il percorso, addentrandosi nel bosco, il profumo dell'aria fresca e il canto degli uccelli l'avvolsero facendola sorridere e inspirarne profondamente le sue note legnose. I passerotti volarono sopra le loro teste, colti di sorpresa dalla loro presenza, mentre proseguivano sul sentiero tortuoso che si addentrava sempre di più nella foresta. Lungo la pista, erano stati costruiti dei gradini di terra battuta rivestiti di tronchi alla base di un enorme albero di Tanekaha, e Melissa sorrise quando Damian le avvolse il braccio attorno alle spalle per assicurarsi che non cadesse mentre ne percorreva la superficie ruvida.

Gli alberi che li circondavano non lasciavano penetrare la luce del sole e l'aria un po' fredda la fece rabbrividire leggermente.

«Hai freddo?»

«Solo un pochino», disse. «Ma se continuiamo a camminare, starò meglio».

Il percorso divenne un po' più regolare e si aprì lentamente mentre seguiva un movimento a zig-zag attraverso gli alberi. Dopo aver passeggiato per diversi minuti, arrivarono a un ponte stretto fatto di legno che sorvolava una palude al confine con Matagouri. Reggendosi al corrimano, Melissa si chinò di lato per osservare le piccole rane appollaiate su di un ceppo che, immobili, li guardavano a loro volta. «È bellissimo», sussurrò.

Sorrise quando la mano di Damian strinse di nuovo la sua. «Sono felice che ti piaccia», le rispose. C'era qualcosa di così pacifico nello stare in quella foresta che nessuno dei due voleva disturbare la serenità di quel luogo con le chiacchiere.

Melissa rabbrividì di nuovo e Damian le diede un colpetto delicato sulla mano. «Andiamo».

Lasciandosi la palude alle spalle, il sentiero iniziò a divenire più ripido e si incurvò improvvisamente attorno ad enormi alberi talmente alti che Melissa non riusciva a vederne le punte. Mentre si orientavano tra le radici che crescevano lungo il sentiero, il bosco fitto si aprì verso una radura erbosa circondata di rocce da un lato e da una parete rocciosa scoscesa sulla parte opposta. Sussultò. Proprio al centro della parete rocciosa si trovava una meravigliosa cascata che, precipitando, riempiva altre piccole piscine di roccia per poi riversarsi su di un ruscello limpido e impetuoso. Non impiegarono molto tempo ad attraversare il piccolo prato e si ritrovarono, subito dopo, ai lati di un laghetto mentre gli spruzzi della cascata li ricoprivano di goccioline.

«Ti piace?» Le domandò con un ampio sorriso. La mano restava appoggiata alla sua schiena in maniera possessiva.

«È bellissimo!» esclamò, sbalordita. E lo era. Una calma serena pervase la sua anima. Il verde che li circondava faceva sembrare l'aria turchese, profumava di fresco e trasmetteva un senso di pace. Non aveva mai visitato un luogo come quello. Damian sorrise quando Melissa si voltò a guardarlo. Nel momento in cui inclinò la testa per avvicinarsi a lui, le sue labbra si separarono, le loro bocche si incontrarono e le gambe diventarono gelatina mentre Damian la spinse a incurvarsi all'indietro per baciarla con passione. La sua lingua calda la assaporava e le inviava scariche di piacere lungo il corpo. Con la mano scivolò lungo il fianco, le afferrò il sedere, lo strinse e Melissa pianse dal dolore. Era ancora troppo indolenzita a causa delle sculacciate che il disciplinatore le aveva dato poco prima.

Damian si raddrizzò e interruppe il bacio, preso dal panico. «Mi dispiace», disse scusandosi. Sembrava davvero avvilito. «Lo avevo dimenticato. Aggiusterò tutto quando saremo a casa». La prese con delicatezza per mano e la condusse sulla strada verso casa.

* * *

«Va meglio?»

Melissa era distesa con la pancia in giù, sul loro letto, e Damian aveva appena finito di spalmarle il gel miracoloso sul fondoschiena. Nonostante sembrasse che quel dolore pulsante stesse formando un livido, l'unguento funzionò immediatamente.

Annuì. «Sì. Grazie».

Le dita di suo marito percorsero lentamente la schiena e il tocco leggero la stuzzicò, provocandole dei brividi. Quando raggiunsero il sedere esitarono e Melissa avvertì il palmo aprirsi e afferrarle con delicatezza la natica. Massaggiarono la sua pelle e affondarono nei muscoli, causandole un leggero pizzicore. Sospirò con soddisfazione perché il dolore era sparito. C'era, invece, un'energia erotica che la avvolse mentre Damian continuava a massaggiarle il fondoschiena. Quando sfiorò il suo sesso, le gambe si separarono involontariamente. Melissa gemette piano nel momento in cui Damian le diede un leggero colpetto in quel punto, prima di penetrarla con delicatezza. Ruotò il polso in modo che la base della mano poggiasse contro di lei e il pollice andasse a stimolare il clitoride. Riuscì, così, a sentire l'umidità scorrere mentre lui entrava e usciva con le dita.

«Così bagnata», sussurrò.

Melissa, allora, allungò la mano all'indietro e afferrò l'erezione che sentiva premere sui fianchi mentre, con l'altra mano, prese ad armeggiare con i pantaloni per poterla liberare. Anche lei voleva toccarlo. Quindi si piegò, lo liberò dal tessuto che lo imprigionava e avvicinò la sua bocca per assaporarne il gusto dolce e salato. Le sue labbra si aprirono per adattarsi alla larghezza ma era così lungo che non riuscì ad accoglierlo tutto insieme. Allora, con le dita, avvolse la base e iniziò a muovere la mano su e giù seguendo il ritmo della bocca per dargli l'illusione di accogliere la sua erezione in profondità. Fece scorrere la sua lingua attorno alla punta, assaporando il liquido salato che era fuoriuscito e gemette di piacere.

Damian esplorò le natiche con le dita, stimolando con un leggero tocco quel piccolo luogo di piacere che il medico le aveva fatto scoprire mentre, col pollice, le sfiorava il clitoride. I seni le si contrassero; il suo sesso pulsò dal bisogno. Poi, con l'altra mano, le afferrò una manciata di capelli e accompagnò i movimenti della sua testa su e giù, decidendo ritmo e profondità mentre Melissa glielo succhiava. Damian spinse ancora di più la sua testa, permettendole di sentire la sua asta in fondo alla gola. Lei la avvolse con la lingua mentre le dita di lui continuavano a penetrarla, provocandole altre ondate di piacere lungo il corpo.

«Cavalcami». La sua voce era roca e piena di desiderio, quando diede l'ordine e l'aiutò a posizionarsi sui fianchi per metterla a cavalcioni. Con una mano, Melissa gli afferrò l'erezione per guidarla verso di sé mentre, lentamente, si abbassava per accoglierla.

Gemette nel momento in cui la riempì completamente. Sentiva il suo sesso pulsare e contrarsi attorno a lui mentre andava su e giù e Damian inarcò la schiena, spingendo i fianchi in avanti, per accoglierla più a fondo. Era come una danza delicata che, insieme a lui, appariva perfetta. Era connessa con lui a un livello primitivo; un livello che, allo stesso tempo, diveniva sempre più profondo. Sentiva di appartenergli. Quindi, gli scavò le unghie nel petto mentre lo cavalcava e le mani di lui sul suo fondoschiena l'aiutarono ad aumentare il ritmo. Melissa ansimò mentre Damian, muovendosi a scatti, gemette e venne dentro di lei in una calda ondata. Anche lei venne in quello stesso momento, continuando a cavalcare l'ondata di piacere mentre la attraversava più e più volte. Volse la testa all'indietro e chiamò il suo nome. Le sue mani rimasero poggiate in modo possessivo su di lei.

«Mia», disse con un sussurro roco. «Solo mia».

Rimasero lì, esausti e appagati, l'uno tra le braccia dell'altro e si addormentarono, poco dopo, con i corpi e le gambe intrecciate tra loro.

CAPITOLO SETTE

«Il Capitano Zyer vuole vederti. È urgente». Fu la voce di Damian a svegliarla. Melissa sbatté le palpebre velocemente, cercando di adattarsi alla luce del mattino. La sfumatura blu dell'aria le fece capire che non era così intensa come quella a cui era abituata, ma era abbastanza luminosa.

«A proposito di cosa?» Gli chiese, mentre si strofinava gli occhi. Non aveva alcun desiderio di rivedere il Capitano Zyer – il loro primo incontro non era stata una piacevole esperienza. E anche se stava eseguendo i suoi comandi fin da allora, non aveva avuto nulla a che fare con lui direttamente; era Euan il suo superiore.

Damian scosse la testa. «Non lo so».

Dopo aver fatto una doccia veloce ed essersi lamentata della colazione che Damian voleva che facesse, si misero in viaggio verso il quartier generale del capitano nel giro di mezz'ora.

«La Terra è in possesso di un missile pronto per essere lanciato; mirano a colpire l'asteroide per deviarne la rotta e inviarlo in qualche altro punto dello spazio per poter salvare il pianeta». Il capitano andrò dritto al punto, senza nemmeno aspettare che prendessero posto.

«Sì, sapevo che era il loro piano. Ma questo cos'ha a che fare con me?» Melissa era confusa. Non era una persona mattiniera e averla fatta precipitare lì, a quell'ora, non era d'aiuto. Il suo cervello doveva ancora carburare.

Il capitano si accigliò, le vecchie rughe solcavano il suo viso segnato dal tempo. «Ci sono arrivate nuove informazioni, la scorsa notte. Gli analisti ci hanno lavorato per parecchie ore, nel tentativo di decifrare i piani di Zuss e, grazie a quello che hai trovato ieri unito a quello che Damian è riuscito a scoprire, hanno finalmente scoperto i suoi piani. Zuss vuole introdursi all'interno dei computer militari terrestri e cambiare la traiettoria del missile in modo che non devii l'asteroide. Una volta che questo avrà spazzato via la vita sulla Terra, verrà utilizzata da lui come base per fuorilegge, trasformandola in un enorme postazione per il commercio degli schiavi. Devi fermarlo».

Melissa rimase a fissarlo, senza parole. *Lei* doveva fermarlo? Scosse la testa, cercando di eliminare la confusione del primo mattino che si era accumulata. «Fermarlo? Come?»

«Ti dovrai introdurre nei suoi computer per fare in modo che non intercetti il missile; dovrai rendere inutilizzabile la nave, permettere alle truppe militari Mojazi di catturarlo e consegnarlo alla giustizia», spiegò il capitano, parlando lentamente come se Melissa avesse un leggero ritardo mentale.

«Vada avanti», rispose, rendendosi conto di quanto fosse importante. «Allora, il missile che la Terra sta per inviare funzionerà? Verrà salvata?»

«Sì», annuì il Capitano Zyer.

«Ma è fantastico!» Urlò lei, con un largo sorriso che si dipinse sul suo volto. «Significa che la mia famiglia e i miei amici sopravvivranno!»

«Sì», ribatté lui. «A patto che i tuoi tentativi di hackeraggio abbiano successo».

Con la coda dell'occhio vide Damian guardarla intensamente. Anche non curato, quell'uomo era bellissimo. Al solo pensiero di ciò che le aveva fatto la notte precedente, sentiva l'umidità bagnarle gli slip. Com'era possibile provare qualcosa di così intenso per qualcuno che aveva appena incontrato, qualcuno che stava appena conoscendo?

«E se non dovessi riuscirci?» Sussurrò appena, colta dalla paura.

«Devi», le rispose il Capitano Zyer. «Non c'è nessun altro che possa farlo».

«No, lei non capisce», sussurrò. Il suo respiro si fece corto e debole mentre la grandezza del compito che aveva davanti minacciava di sopraffarla. «Ci proverò. Farò del mio meglio. Ma non riesco a lavorare sottopressione. Vado nel panico e il mio cervello non collabora».

«Ce la puoi fare», le disse Damian, in piedi proprio dietro di lei. Le appoggiò le mani sulle spalle e le strinse dolcemente, facendole capire che l'avrebbe aiutata se avesse potuto.

«Non posso», lo interruppe. «Il solo sapere di essere responsabile di tutte quelle vite, incluse le persone che amo... Non posso farlo. Per favore, trovate qualcun altro». Melissa iniziò a tremare.

«Non c'è nessun altro», la aggredì il Capitano Zyer. «Ci sei solo tu».

Damian l'avvicinò a sé e la tenne stretta, intrecciando le dita tra i suoi capelli in modo da causarle un brivido lungo la schiena. «Provaci», sussurrò. Le prese delicatamente le spalle e la condusse verso il computer per farla sedere, poi le posizionò le mani sulla tastiera. «Almeno provaci».

E lo fece. Ci provò duramente, infatti, digitando ogni codice al quale riusciva a pensare. Ma con il cervello sotto pressione non era in grado di ragionare in maniera lucida. Era senza speranze. Appoggiò la testa sulla tastiera in segno di sconfitta. «Non ci riesco», mugugnò. «Tutti, sulla Terra, moriranno». Sussurrò quelle parole ma, in realtà, le urlò dentro di sé. Il cervello si rifiutava di farle dimenticare che aveva il destino di un intero pianeta nelle sue mani.

«Continua a provarci», le ordinò il capitano.

Melissa scosse la testa. «Non posso».

«Sì che puoi», insistette. I suoi occhi color porpora si illuminarono, infondendo nella sua mente la calma. «Ti aiuterò io».

Lacrime di frustrazione le bruciarono gli occhi ma fu capace di ricacciarle indietro, bloccando all'esterno la calma che le stava infondendo Damian. «Non ci riesco. Ci ho provato, ma non ci riesco». Disse alzandosi.

«Vai a sederti e provaci ancora», ringhiò il capitano.

«Non servirà a nulla», rispose. «Non posso farlo».

«Prenditi una pausa, allora», le suggerì lui.

Melissa scosse la testa. «Per favore, trovi qualcun altro. Non sono capace. La pressione mi schiaccia e vado nel panico. Non riesco a pensare in queste condizioni». Riuscì a ricacciare indietro le lacrime. Non si era mai sentita così inutile in tutta la sua vita. E ora, quando era proprio necessaria, non riusciva a restare abbastanza calma da poter essere utile. E milioni di persone sarebbero morte di conseguenza. Le lacrime le scivolarono silenziosamente lungo le guance e le spalle le tremarono a causa dei singhiozzi.

«Ci lasci uscire per fare una passeggiata, prendere da bere, mangiare qualcosa. Poi ritorneremo e ci riproveremo di nuovo, ok?» Damian prese la sua mano, tirandola a sé.

Voleva rifiutare, insistere sul fatto che non sarebbe servito a nulla, ma lo sguardo che lui le fece era una supplica silenziosa. Voleva che lo ascoltasse, che facesse a modo suo e che ci provasse ancora una volta. Melissa sospirò. «Ok. Non funzionerà, ma possiamo andare a fare una passeggiata».

Il capitano guardò il suo orologio. «È una questione urgente. Avete dieci minuti», disse in modo brusco.

All'aria aperta, Melissa fece dei respiri profondi. «Vorrei poterci riuscire, ma il mio cervello si spegne quando si trova sotto pressione. È successo prima».

«Non preoccuparti di questo, ora», le rispose Damian, allungandole una bibita e una confezione degli snack più saporiti che avesse mai mangiato e che aveva preso al distributore automatico fuori dall'edificio. «Rilassati, ora che puoi. Il capitano non si arrenderà e noi faremo qualsiasi cosa per aiutarti».

Melissa si appoggiò a lui mentre l'attirava a sé e sorrise quando la baciò con gentilezza sulla fronte, indugiandovi ancora un po' con la bocca. Le sue labbra calde sulla pelle le provocarono un brivido che la fece rilassare; sentiva la serenità pervaderle mente e corpo. Il suo respiro rallentò, si fece più profondo e il suo cuore smise di battere furiosamente. Poteva riuscirci.

Damian tenne le mani sulle sue spalle mentre lei si sedeva sulla sedia girevole collocata di fronte al computer. Le strinse delicatamente, massaggiandole la parte posteriore del collo con un tocco leggero. Melissa percepiva la sua presenza; riusciva a sentire che le stava infondendo maggiore calma e serenità nella mente. Poteva sentire il suo supporto, il suo amore.

«Puoi farlo, Mel», le sussurrò lui, con le labbra che le sfiorarono delicatamente l'orecchio. «Non mi muoverò da qui finché non ce l'avrai fatta. Sarò qui accanto a te».

Allora fece un profondo respiro, cercò di tranquillizzarsi e di ricacciare indietro il panico crescente. Si rimise, quindi, al lavoro digitando i codici.

«Ci siamo!» Urlò, alla fine. Si appoggiò trionfale alla sedia, mentre intorno a lei scoppiavano gli applausi e sul volto di Damian si dipingeva un largo sorriso.

«Sapevo che ce l'avresti fatta!» Esclamò orgoglioso.

Il capitano, poi, si sedette accanto a lei per dirle cosa programmare e le bastarono pochi secondi per disabilitare la navicella di Zuss e impedirgli di deviare il missile terrestre.

«Ordinato!» Li informò, felice, mentre premeva il tasto di "Invio."

* * *

La passeggiata lungo la spiaggia le schiarì le idee. Dopo averle tolto le scarpe, Damian le prese mentre Melissa faceva scorrere i piedi sulla sabbia meravigliandosi di come i minuscoli granelli scivolassero tra le dita dei piedi. L'atmosfera blu viola evitò che il sole battesse in modo cocente, così la sabbia risultò deliziosamente tiepida quando si fermò per seppellirvi i piedi.

«Non hai mai camminato sulla sabbia, prima d'ora?» Le domandò lui, divertito dalle stranezze di sua moglie.

Lei scosse la testa. «Non sulla Terra. Le spiagge sono tutte recintate, nessuno può accedervi. La sabbia, lì, è contaminata e non c'è nulla di sicuro ormai».

«Allora perché vuoi ritornarci?» Le chiese. «Se niente è sicuro, cosa ti attrae di quel luogo?»

«Chi dice che lo voglio ancora?» Ribatté Melissa sulla difensiva.

«Continui a definirla "casa". Tu vuoi andare lì perché la senti come il luogo a cui appartieni, altrimenti non continueresti a comportarti così».

«Oh». Abbassò lo sguardo. «Questione di abitudine, credo». E mentre pronunciava quelle parole, si rese conto che erano vere. Era puramente un'abitudine il fatto che chiamasse "casa" la Terra – nel suo cuore, non c'era una nostalgia reale per quel posto. Aveva sempre pensato che la sua vita sulla Terra fosse abbastanza appagante, ma ora che aveva Damian, capì quanto era stata vuota finora.

«Quindi Mojaz ti piace?»

«Su per giù sì. Non mi piacciono le sue usanze e mi mancano la mia famiglia e i miei amici, ma ci sono altre cose che apprezzo».

«Tipo?» La punzecchiò lui.

Melissa sorrise, senza smettere di muovere avanti e indietro le dita dei piedi. «Questo». Tese il braccio verso l'alto e con le dita tracciò il profilo del mento di Damian per poi fermarsi ad accarezzarne la fossetta col pollice. Alzandosi in punta di piedi, gli sfiorò dolcemente le labbra con le sue. «E questo».

Allora lui la fece piegare all'indietro e approfondì il bacio, soffermandosi con la bocca sulla sua mentre Melissa sorrise per ciò che aveva appena confessato. Una mano si posizionò sulla schiena mentre l'altra si intrecciò coi suoi capelli. Li tirò con delicatezza e le sorrise dolcemente mentre si allontanava. E quello sguardo ardente, oscuro ed eccitato le fece capire che anche lui l'adorava.

CAPITOLO OTTO

«Melissa», la voce arrivò al suo orecchio come un sussurro. «Svegliati». Qualcuno la stava scuotendo piano ma con urgenza. Si mise quindi a sedere, mentre si sfregava gli occhi con i pugni.

«Che c'è?» Si lamentò. Fuori regnava ancora il buio. «Che ore sono?»

«È ancora molto presto», le rispose Damian. «Ma il Capitano Zyer ha bisogno di te – delle tue abilità – adesso nel suo ufficio. Alcuni problemi col missile».

«Ma non sono un ingegnere», borbottò lei. «Non so nulla di missili».

Damian le diede un colpetto sul braccio per farla alzare e uscire dal letto. «Incontralo e basta, sono sicuro che ti dirà tutto quando saremo lì». Le allungò una tazza di caffè appena fatto, decorato con una spruzzata di cioccolato come piaceva a lei, e la guardò inspirarne il profumo prima di prenderne un sorso.

«Andiamo», la sollecitò. «È urgente».

Era stanca. Dopo la giornata difficile di ieri, in cui il suo cervello era stato messo a dura prova e le sue emozioni l'avevano sopraffatta, era andata a letto perché si sentiva esausta, sia mentalmente sia fisicamente. Aveva avuto bisogno di dormire. Il riposo le aveva giovato, ma non era stato abbastanza. Il suo cervello, infatti, era ancora annebbiato. Per fortuna, qualsiasi cosa il capitano volesse non richiedeva troppo sforzo per la sua mente. Se così fosse stato, avrebbe fallito.

«Sarai felice di sapere che non abbiamo tempo per fare colazione, ma voglio che prenda questa. È la pillola alimentare. Dopo la giornata che hai affrontato ieri, oggi avrai bisogno di tutte le tue forze».

Melissa prese la compressa nera maculata che Damian le aveva dato e la mandò giù con un po' di caffè, sorridendo per la consapevolezza della sua avversione per la colazione. La conosceva già così bene.

La pillola era inodore e non aveva alcun retrogusto; era stato quasi piacevole prenderla. Dopo aver bevuto l'ultimo sorso di caffè, la compressa aveva compiuto un miracolo perché si sentì sazia come se avesse mangiato almeno tre pasti.

Ancora pochi minuti e si avviarono insieme verso la porta, mano nella mano, per capire quali fossero le intenzioni dell'uomo.

«Devi introdurti di nuovo nei loro computer», le comunicò il Capitano Zyer. Ad attenderla c'era già una sedia. «Gli uomini del Comandante Zuss sono riusciti a reimpostare le coordinate del razzo e questo mancherà completamente l'asteroide».

«Nooo!» Urlò, disperata. «Non posso farlo di nuovo, è troppo per me! Per favore non mi chieda di farlo, trovi qualcun altro! Non… riesco…» Dopo aver gridato a causa del panico, la sua voce si affievolì e le emozioni la consumarono, soffocandola.

«Devi!» Ringhiò lui, sbattendo il palmo della mano sul tavolo con un tonfo talmente potente che riverberò in tutta la stanza. Melissa sussultò. «Non c'è nessun altro! Deve essere fatto e devi essere tu a farlo! Immediatamente! Il tempo sta per scadere!»

«No!» Seppellì il viso nella maglietta di Damian, mentre le lacrime le bagnavano le guance, e iniziò a singhiozzare contro il suo petto quando fece del suo meglio per calmarla. Sapeva che il suo rifiuto non era dovuto alla disobbedienza ma era causato dalla paura. La paura di fallire.

«Puoi farcela», le sussurrò, con una delicatezza tale che fu impossibile per il capitano udire quelle parole. «Proprio come hai fatto ieri. Lascia che ti aiuti». La tirò su, cacciando via le lacrime col pollice, e la tenne per le spalle. I suoi occhi viola brillarono come il neon e la fissarono. Questa volta Melissa accolse la luce che stava infondendo la sua mente e abbracciò la calma che lentamente la avvolse. Lasciò che Damian spazzasse via il panico. Non lottò contro di lui quando la condusse verso la sedia e la fece sedere, poggiando di nuovo le sue dita sulla tastiera.

Si rimise al lavoro, digitando i codici necessari, grata per la serenità che la presenza di Damian riusciva a darle.

* * *

Il sudore scendeva lungo il collo del comandante Zuss, lasciando dei rivoli sulla sua schiena e andandosi ad accumulare nella parte posteriore dei pantaloni, fino a creare un sentiero bagnato che crebbe col passare dei secondi. Allentò la cravatta, i suoi occhi non lasciarono neanche per un secondo il nuovo tecnico informatico. Non mangiava da ore, come del resto nessuno di loro. Questa cosa era troppo importante. Aveva la testa completamente nel pallone mentre cercava di concentrarsi sullo schermo, di capire il senso dei numeri che gli sfrecciavano davanti. Le dita del tecnico scorrevano sulla tastiera per cambiare le password, mentre usava ogni trucchetto possibile per non permettere a Melissa di entrare.

«È brava», disse. «Molto più che brava, in effetti», osservò, sbalordito. «Ho quasi esaurito le opzioni e lei non ha mollato una volta. Non credo di riuscire a tenerla fuori ancora per molto». Il suo volto era una maschera di concentrazione. Si sfregò le tempie e fece una smorfia di dolore. «È troppo brava», ammise infine.

«Stai facendo un buon lavoro», gli rispose il comandante per incoraggiarlo. «Non manca molto, ormai».

Dopo aver lasciato il tecnico al computer, si avviò verso il corridoio per trovare il suo vice. Quell'uomo aveva un'esasperante tendenza a scomparire proprio quando c'era più bisogno di lui. Come riusciva a farlo ogni volta? Aprendo la porta dell'ufficio, trovò l'uomo in stato comatoso sul pavimento, con la fiaschetta in mano e il tappo della bottiglia sulla scrivania. Il Comandante Zuss gli diede un calcio. «Alzati, amico, c'è bisogno di te», lo aggredì. Non ci fu risposta. Guardandolo con disgusto, uscì dall'ufficio e sbatté la porta per andare a cercare il secondo vice che era un idiota bigotto e pomposo ma, almeno, sembrava abbastanza capace quando si trattava di un'emergenza. In ogni caso, avrebbe dovuto. Il comandante non aveva nessun'altra opzione.

«Qual è il piano di riserva?» Gli chiese, facendo del suo meglio per dare l'illusione di avere il pieno controllo.

Il secondo vice scosse la testa e fece spallucce. «Non ce ne sono altri».

«Quindi fammi capire bene», ringhiò lui. «La nostra navicella è stata resa inutilizzabile e ci ha lasciati in balia sia delle truppe Mojazi, sia della forza di polizia intergalattica qui, nello spazio, dove molto probabilmente saremo condannati a morte per fucilazione. I nostri prigionieri, che dovremmo vendere come schiavi, verranno liberati e una donna, *una donna!* sta hackerando i computer ed è responsabile di tutto questo? Siamo sull'orlo della rovina e una donna è responsabile della nostra fine. E tu mi stai dicendo che non c'è nulla che possiamo fare?» Zuss lo afferrò per il bavero della giacca e lo agitò con violenza.

«Esattamente, signore», confermò l'uomo a denti stretti, mentre cercava di divincolarsi dalla sua presa. «Ma il nostro tecnico ci sta lavorando», disse, pulendo i segnetti invisibili sul bavero una volta liberatosi. «Sono quasi certo che riuscirà a consentirci la fuga».

Zuss ricadde sulla sedia più vicina, prese la testa fra le mani e gemette. Invidiava la scorta segreta di whiskey del vice. Proprio adesso, avrebbe avuto bisogno di bere qualcosa di forte.

* * *

«Mi hanno bloccato», confessò Melissa, dopo aver tentato inutilmente, per l'ennesima volta, di infrangere la barriera di protezione del computer sulla navicella di Zuss. «Qualcuno mi sta impedendo di passare, non riesco ad accedere». Disse scuotendo la testa, disperata.

Il Capitano Zyer, sempre più teso, continuava a fare avanti e indietro nella stanza. Damian, in piedi dietro di lei, iniziò a massaggiarle i muscoli del collo contratti a causa delle diverse ore passate a stare seduta sulla sedia, nella stessa posizione, e si rannicchiò sul computer per cercare di decifrare il codice di cui lei aveva bisogno per poter entrare. Si chinò fino a sfiorare il suo orecchio.

«Puoi farcela», le sussurrò. «Continua a provarci».

Qualcuno entrò con del cibo e del caffè ma Melissa continuò a lavorare. Il panico stava iniziando a prendere il sopravvento su di lei, non c'era più tempo. Chiunque ci fosse dall'altra parte, era bravo.

Melissa trascorse le ore successive a non sapere quali pesci prendere; ore in cui le sue abilità vennero messe alla prova in ogni modo possibile. Non si era mai sentita così sotto pressione in tutta la sua vita e questo le stava provocando un tremore alle mani e la comparsa di puntini neri davanti agli occhi.

«Non ce la faccio», disse in lacrime, piegando la testa all'indietro esasperata. «È troppo difficile!»

Il capitano si fermò. «Devi».

«Vieni a fare una passeggiata», la invitò Damian. La sua voce era calma, le sue mani ferme e forti mentre la aiutava ad alzarsi dalla sedia alla quale era rimasta incollata tutto il giorno. «Una pausa ti farà bene».

Le strinse la mano mentre camminavano insieme, fuori nell'aria fresca e turchese.

«Come riesci a mantenere la calma?» Gli domandò.

«Sono un agente sotto copertura; devo restare calmo», ribatté criptico. «È un'abilità che acquisisci».

«Non è di grande aiuto», si lamentò lei. «Io non ci riesco, la pressione è troppa».

Damian la abbracciò e la tenne stretta a sé. «Non avere paura», la incoraggiò. «Vai lì e fai ciò che sai fare meglio – il talento che hai è il migliore che abbia mai visto; puoi farcela, so che puoi. E io sarò lì accanto a te per aiutarti a mantenere la calma».

Damian aveva ragione – la piccola pausa ebbe successo.

«Ci sono», disse piano, troppo impaurita per pronunciare quelle parole ad alta voce come se potessero portarle sfortuna o potessero non essere vere. «Mi dia quello che devo inserire».

Senza dire una parola, il capitano le allungò un foglio di carta; aveva il volto completamente bianco. Il tempo stava per scadere. Tutti, nella stanza, trattennero il respiro mentre Melissa digitava la sequenza, osservando come le sue dita sfrecciavano sulla tastiera.

* * *

Il Comandante Zuss sferrò un pugno sul muro più forte che poté, poi si lasciò andare a una serie di imprecazioni mentre si reggeva la mano dolorante. Il metallo rinforzato della navicella non fu così gentile con le sue nocche delicate, ma c'erano affari più importanti dei quali occuparsi.

«Idiota!», ringhiò contro il tecnico informatico. «Tu, inutile idiota!» Diede un calcio al povero tecnico sfortunato e lo fece cadere dalla sedia, guardando come quel piccoletto si distendeva sul pavimento per poi balzare in piedi e correre via. Zuss prese un oggetto dopo l'altro dalla scrivania, senza curarsi di cosa fossero, e li scagliò contro il tecnico. L'idea geniale che aveva avuto fallì – la Terra era riuscita a deviare l'asteroide con successo. Tutti i suoi piani, la sua grande idea di trasformare il pianeta in un luogo di scambi commerciali si erano rivelati vani. Crollò quindi a terra, totalmente sconfitto. La sua navicella era ormai fuori uso; le uscite di emergenza erano bloccate. Non c'era via di fuga. Era una questione di ore prima che venisse catturato dalla polizia intergalattica, arrestato e riportato con la forza su Mojaz per affrontare il processo. Sarebbe stato condannato a morte, lo sapeva. E tutti i prigionieri sarebbero stati liberati senza ombra di dubbio. Cosa sarebbe successo ai suoi uomini? Colto dalla disperazione, si rese conto che non gli importava più. Non gli importava più di nulla. La morte sarebbe stata una benedizione. Così, dopo aver trovato la sua pistola elettromagnetica nell'arsenale di armi che aveva alla cintura la prese, la puntò contro sé stesso e premette il grilletto.

* * *

Il Capitano Zyer si mise ad armeggiare con i comandi incorporati nella parete vicini a un enorme schermo. Una donna bionda di mezza età, affiancata da uomini così vecchi che Melissa pensava dovessero essere morti, comparve quando questo si accese.

«Missione riuscita», disse con voce stridula e uniforme. «La Terra ha deviato con successo l'asteroide, gli ufficiali militari sono stati inviati per catturare la navicella di Zuss e, in questo momento, sono in viaggio. I prigionieri verranno riportati presto sulla Terra. Congratulazioni».

«Ce l'abbiamo fatta!» Urlò Melissa, gettando le braccia attorno al collo di Damian con gioia. Lui la sollevò e la fece girare attorno, ridendo.

«Ce l'abbiamo fatta!» Le baciò il naso, poi, si chinò per poggiare le labbra sulle sue. La sua lingua calda le causò un formicolio alla bocca, provocandole un brivido lungo il corpo. Il suo bacio era così urgente, la forza della passione così forte da farle quasi male.

Il capitano si schiarì la gola. Damian la mise giù e poi fece un passo indietro, il volto solenne. «Adesso devi prendere una decisione», le disse, con voce rotta. Il dolore era inciso sul suo viso. Melissa lo guardò preoccupata. Cosa stava succedendo?

«Davvero?» Squittì.

Damian annuì. «Davvero. Vuoi ritornare sulla Terra? O vuoi restare qui, con me, come mia moglie? La scelta è tua». Si morse il labbro e contorse le mani davanti a sé, mentre attendeva una risposta.

«Se vado, verrai con me?»

Scosse la testa, sconsolato. «No. Il mio posto è qui. Non mi troverei mai bene sulla Terra».

Scappa! le stava dicendo la sua testa, ma il cuore le stava urlando di restare. Le lacrime le riempirono gli occhi nel momento in cui capì che era una decisione impossibile da prendere. Le spalle tremarono quando i ricordi l'assalirono. Bei ricordi, cattivi ricordi e tutto il resto. I membri della sua famiglia, gli amici, i ricordi felici, cose dolorose che avevano detto e fatto. E i suoi giorni su Mojaz. Sorrise quando i pensieri si rivolsero a Damian. Si stava innamorando di lui. *Come ci si poteva innamorare di qualcuno in una settimana?* le domandò la sua testa, prendendosi gioco di lei, così sicura della sua stupidità nel prendere in considerazione la possibilità di restare. *Una settimana non è abbastanza per conoscere veramente qualcuno*... ma anche se quei pensieri le martellavano la testa, sapeva che non era vero. Conosceva Damian; conosceva la sua vera essenza. Non conosceva ancora tutto di lui, ma sapeva che era un brav'uomo. Sapeva che gli importava di lei. E sapeva che si stava innamorando di lui, che l'avrebbe resa felice. Come poteva solamente pensare di poter scappare da tutto questo? Come poteva sopportare di perderlo?

I ricordi della sua vita sulla Terra le attraversarono la mente. Era mai stata felice lì? Aveva davvero conosciuto la libertà? Sapeva che non era così; non del tutto almeno. Sulla Terra, sarebbe stata controllata costantemente dal governo. E anche se l'avevano lasciata in pace per la maggior parte del tempo, sapeva che controllavano ogni suo movimento.

Più ci rifletteva, più diventava tutto chiaro. Sebbene il fatto che le donne venissero trattate come una proprietà, su Mojaz, la irritasse doveva ammettere che era piacevole essere una proprietà di Damian. L'aveva trattata bene, proprio come aveva promesso di fare. Sulla Terra, si sarebbe sentita sola ed era una cosa a cui non aveva mai pensato. Adesso che lo aveva incontrato, non riusciva a immaginare la sua vita senza di lui.

«Ti amo. Qualsiasi cosa deciderai di fare, ti amerò sempre». Il sussurro arrivò al suo orecchio al momento giusto e Melissa lo fece suo. Sapendo di essere sua, e che lui l'amava, era tutto ciò che aveva bisogno di sentire. Poggiando le dita sulle sue labbra, Damian baciò con delicatezza le sue nocche. Il suo respiro le provocò un brivido sulle mani e la lasciò senza fiato. Gliele strinse, supportandola in silenzio mentre la risposta prendeva forma nella testa di quella che era sua moglie.

«Voglio stare qui con te». Le parole vennero pronunciate in modo così delicato da essere appena percepibili, ma Damian riuscì a sentirle. I suoi occhi si riempirono di lacrime di gioia e sorrise. Si chinò su di lei, la baciò e la condusse fuori dall'ufficio. «Andiamo a casa, così potrò mostrarti quanto sono felice, adesso».

FINE

Stormy Night Publications vorrebbe ringraziare tutti voi per aver manifestato interesse per i nostri libri.

Se avete apprezzato questo romanzo (o anche se non vi fosse piaciuto), gradiremmo che lasciaste una recensione sul sito sul quale lo avete acquistato. Le recensioni forniscono riscontri utili per noi e i nostri autori e questo feedback (sia i commenti positivi, sia le critiche costruttive) ci permettono di lavorare in maniera più approfondita per assicurarci di fornire il contenuto che i nostri clienti vorrebbero leggere.

Se volete scoprire gli altri romanzi della Stormy Night Publications, se volete saperne di più sulla nostra azienda, o se vi piacerebbe iscrivervi alla nostra mailing list, visitate il nostro sito all'indirizzo:

http://www.stormynightpublications.com

ALTRI LIBRI DELLA STORMY NIGHT PUBLICATIONS SCRITTI DA KELLY DAWSON

Le maniere del West.

Rimasta orfana in seguito a un attacco alla carovana di famiglia, Jessica si trova bloccata a mille miglia da Boston, l'unica casa che abbia mai conosciuto. Solo un uomo – un cowboy rude e impolverato di nome Johnny – si frappone tra lei e i pericoli del West, rendendo palese fin da subito che farà qualsiasi cosa sarà necessario per tenerla al sicuro… che le piaccia o no.

Quando l'improbabile coppia si imbatte per caso in un allevamento di bestiame e gli viene offerto un lavoro, Johnny accetta subito. Jessica, però, non esita a esprimere il proprio disprezzo per il suo piano e per i cowboy in generale e Johnny deciderà di prendere una decisione drastica. Dopo una dura e imbarazzante sculacciata seguita da scuse strappalacrime nei confronti del mandriano, Jessica si ritrova con il fondoschiena dolorante e uno strano ma innegabile bisogno di essere tenuta stretta e confortata dal suo bel protettore.

Con Johnny al suo fianco – che, ogni giorno che passa, si conquista un posto sempre più grande nel suo cuore – Jessica inizia ad adattarsi alla vita pastorale. Ma un allevamento di bestiame è un luogo pericoloso per chiunque, figuriamoci per una ragazza di città con un debole per la disobbedienza. Se vuole avere la possibilità che diventi sua moglie, Johnny sa benissimo che dovrà prendere in mano la situazione e dominare Jessica prima che si faccia male o venga uccisa. Anche se ciò dovesse significare lo schiaffeggiarla in modo umiliante e doloroso per far sì che non lo dimentichi. In un modo o nell'altro, le insegnerà le maniere del West.

Il codice del West.

Negli anni successivi alla tragica morte dei genitori, Jedda-Lyn Cross ha dato tutta sé stessa per mandare avanti il ranch di famiglia. Si è abituata a non ricevere alcun aiuto dal fratello alcolizzato, ma quando l'amico violento e sadico di quest'ultimo cerca di rendere Jedda sua moglie contro la sua volontà, è l'ultima goccia che fa traboccare il vaso.

Il suo aggressore è il figlio della famiglia più ricca della zona e lo sceriffo corrotto è pronto a eseguire i suoi ordini, il che non lascia a Jedda altra alternativa che lasciare la città in fretta. Senza soldi e senza cavallo, la sua migliore possibilità di fuga è rappresentata da un carico di bestiame che sta per partire, guidato dal famoso mandriano Wes Jordan. Ma una giovane donna non ha molte speranze di trovare un impiego in un'unità di trasporto di bestiame, quindi sono necessarie misure drastiche...

Wes non è troppo contento quando scopre che il nuovo mandriano che ha assunto è in realtà una bellissima donna di ventidue anni travestita da ragazzo, ma dopo aver ascoltato la storia di Jedda promette di proteggerla. Tuttavia, sarà più facile a dirsi che a farsi, come capirà ben presto. Jedda è impertinente, testarda e ha un gran bisogno di una bella sculacciata, e quando la sua sconsiderata noncuranza per la propria sicurezza lo spinge finalmente troppo oltre, Wes la prende saldamente in pugno.

Dopo una punizione dolorosa e umiliante da parte del bel mandriano, Jedda si ritrova con il sedere in fiamme e la mente in subbuglio. Nonostante tutto, desidera ardentemente che Wes la prenda tra le braccia e, quando finalmente lo fa, il piacere di fare l'amore con abilità e passione le toglie quasi il fiato. Ma con il suo ex corteggiatore ossessionato e i suoi sicari ancora alle calcagna, riuscirà ad accettare il fatto che, per un uomo come Wes, rischiare la vita per proteggere la donna che ama fa parte di ciò che significa vivere secondo il codice del West?

Collegamenti a Kelly Dawson

Potete trovare le interviste all'autrice, estratti dei libri in uscita e riflessioni generali da parte di Kelly Dawson sul suo blog, le sue pagine Twitter e Facebook, il suo profilo Goodreads e la newsletter ai seguenti indirizzi:

http://kellydawsonauthor.blogspot.com/
https://twitter.com/kellydawsonauth/
https://www.facebook.com/people/Kelly-Dawson/100008980697756
https://www.goodreads.com/author/show/13257528.Kelly_Dawson
http://eepurl.com/bRukkv

www.ingramcontent.com/pod-product-compliance
Ingram Content Group UK Ltd.
Pitfield, Milton Keynes, MK11 3LW, UK
UKHW040009200726
13854UKWH00001B/105

9 788835 449287